KB114583

대무신

大武神

임영기 新무협 판타지 소설

FANTASTIC ORIENTAL HEROES

대무신 4

임영기 新무협 판타지 소설

초판 1쇄 찍은 날 § 2009년 1월 6일
초판 1쇄 펴낸 날 § 2009년 1월 12일

지은이 § 임영기
펴낸이 § 서경석

편집장 § 문혜영
편집 § 정서진 · 유경화 · 최하나

펴낸곳 § 도서출판 청어람
등록번호 § 제1081-1-89호
등록일자 § 1999. 5. 31
어람번호 § 제2-1653호

주소 § 경기도 부천시 원미구 심곡2동 163-2 서경B/D 3F (우) 420-822
전화 § 032-656-4452 팩스 § 032-656-4453
http://www.chungeoram.com
E-mail § eoram99@chollian.net

ⓒ 임영기, 2008

ISBN 978-89-251-1636-5 04810
ISBN 978-89-251-1489-7 (세트)

大武神
대무신
백팔 살인공을 한몸에 지닌 그를
훗날 천하는 그렇게 불렀다.
FANTASTIC
ORIENTAL HEROES
4 북경풍운(北京風雲)
임영기 新무협 판타지 소설
도서출판 청어람

第三十七章
동거(同居)

대무신
大武神

　태무악은 그날 밤에 통천군림보에 잠입하려던 계획을 실
행에 옮기지 못했다.

　수피를 데리고 영풍객점으로 돌아왔을 때에는 이미 동이
부옇게 터오고 있었다.

　삼풍호개는 객방에 없었으며 탁자에는 빈 술병 십여 개만
어지럽게 뒹굴어 있었다.

　처음에 태무악이 있을 때 시켜놓은 술이 다 떨어지자 삼풍
호개는 그냥 가버렸다.

　술이 충분했다면 그는 태무악이 돌아올 때까지 계속 마시
고 있었을 것이다.

창을 통해서 객방에 들어선 태무악의 등에 업혀 있는 수피는 뺨을 그의 너른 등에 대고 두 팔은 겨드랑이 아래로 집어넣어 가슴을 꼭 안은 채 눈을 감고 있었다.

하지만 잠이 들지는 않았다. 태무악이 자신을 구하러 와주었다는 사실 때문에 너무도 감격하고 행복해서 이곳까지 오는 동안 수천 번 곱씹어 평생토록 태무악만을 위해서 살겠다고 맹세를 거듭했다.

태무악은 침상으로 가서 자신과 수피를 묶은 이불을 풀었다. 그런데 수피는 두 팔과 두 다리로 그의 몸을 꼭 안은 채 떨어지지 않으려고 했다.

태무악이 떼어내려고 가볍게 몸을 흔들었지만 그녀는 매미처럼 꼭 달라붙어 요지부동이었다.

척!

그는 오른손을 뒤로 돌려 그녀의 몸을 잡았다.

순간 수피가 깜짝 놀라 눈을 번쩍 떴다.

태무악이 커다란 손으로 그녀의 엉덩이를 잡은 것이다. 잡아도 그냥 잡은 것이 아니다.

그녀는 두 다리를 벌려 태무악의 허리를 감고 있어서 엉덩이의 계곡이 활짝 개방되어 있는 자세다.

그런데 태무악의 솥뚜껑 같은 손이 한쪽 엉덩이를 움켜잡으면서 검지와 중지 손가락 두 개가 계곡 깊숙한 곳을 찌른 것이다.

수피는 얼굴이 새빨개져서 다시 눈을 꼭 감았다. 그녀는 순결한 몸이라서 이런 경험은커녕 비슷한 일도 겪어본 적이 없었으나 본능적으로 이제 곧 무슨 일이 벌어질지도 모른다는 예감 같은 것이 들었다.

다음 순간에 과연 무슨 일이 벌어졌다.

하지만 수피의 직감하고는 거리가 먼 일이었다.

퍽!

"악!"

태무악이 그녀를 침상에 패대기를 친 것이다.

다음날 아침.

"북경성 내의 집값이 얼마냐고요?"

태무악의 물음에 점소이는 생각할 것도 없다는 듯 대꾸했다.

"어떤 집이냐에 따라서 다르죠. 뭐, 근사한 장원은 수천 냥은 줘야 할 것이고, 방 서너 개짜리 작은 집은 백 냥만 줘도 구할 수 있습죠."

인간들이 사는 세상에서는 돈만 있으면 무엇이든지 다 살 수 있다는 사실을 알게 된 태무악은 혹시 집도 살 수 있는 것이 아닌가 하는 생각에서 점소이에게 물었던 것이다.

점소이는 덧붙여서 말했다.

"집을 사지 않고 빌리는 방법도 있습니다. 일반 살림집인 경우에는 한 달에 닷 냥에서 열 냥 정도만 내면 성내에서 수두룩하게 구할 수 있습니다요."

태무악이 점소이에게 물었다.

"금돈으로 말이냐?"

"금돈이라뇨? 아! 금화 말씀이로군요? 아닙니다요! 소인이 말씀드리는 것은 전부 은자입니다. 금화 한 냥이 은자 스무 냥이니까, 금화 열 냥 정도면 어느 집이든 살 수 있고, 웬만한 장원이라고 해도 금화 백 냥이면 너끈히 살 수 있을 겁니다요."

태무악과 점소이는 객점 아래층 계단 입구에 마주 서서 얘기를 하고 있었다.

그때 젊은 남녀 한 쌍이 계단을 내려오자 점소이가 두 손을 비비면서 환한 웃음을 지었다.

"헤헤헤! 편히 쉬셨습니까요?"

이십대 중반의 남녀는 진한 사랑을 나누려고 어젯밤에 이곳에 투숙을 했었다.

"수고했네."

사내는 의미있는 끈적한 미소를 지으면서 점소이 손에 각전 몇 닢을 쥐어주었다.

태무악은 그것이 숙박비나 음식 값 외에 점소이 개인에게 주는 수고비라는 사실을 그때 처음 알게 되었다.

남녀가 나간 후 태무악은 점소이에게 손을 내밀었다.

"금전 이십 냥 전후의 집을 알아봐라."

그의 말투는 특정인을 제외하고는 차가우면서도 명령조였다.

그러나 노련한 점소이는 인내심을 갖고 기다렸으며 지금 그 결실을 맺었다.

그의 시선은 태무악이 내민 손바닥 위에 놓여 있는 빛나는 은자 한 냥에 고정되었다.

"서… 설마 이것을 소인에게 주시는 것입니까?"

점소이는 숨이 멎을 듯이 놀라며 선뜻 받지 못했다.

태무악이 고개를 끄덕이자 그는 가늘게 떨리는 손으로 은자를 집어 들고 그것이 진짜 은자라는 사실을 몇 번이나 확인하고는 머리가 바닥에 닿을 정도로 굽실거렸다.

"맡겨만 주십시오, 나리. 오늘 중으로 멋진 집을 찾아드리겠습니다요."

그는 점소이 생활 칠 년여에 은자 한 냥을 수고비로 받기는 처음이었다.

태무악은 그 길로 객점을 나가 북경성 내로 들어갔다가 수피가 입을 옷과 방갓을 다시 사가지고 돌아왔다. 물론 흑의였다.

태무악은 어제 오전에 통천군림보에서 세 명의 영밀고수들이 어떻게 자신을 알아봤는지에 대해서 골똘하게 생각하다가 한 가지 결론에 귀착했다.

그가 통천군림보 전문을 통과할 때 무사들에게 보여주었던 이십팔영밀패가 빌미였을 것이라는 짐작이었다. 아무리 생각해 봐도 그것밖에 없었다.

무사들에게 보여준 영패를 영밀고수들이 어떻게 알게 되었는지는 중요하지 않다. 중요한 것은 태무악이 실수를 범했다는 사실이다.

결국 그가 통천군림보 내에서 세 명의 영밀고수를 죽임으로써 통천군림보는, 아니, 대천색령을 지휘하는 천존의 수하들은 자신들의 표적이 안방까지 들어왔다가 유유히 나간 사실을 알게 됐을 것이다.

더구나 태무악은 대천색령에 동원된 소방파인 혼일방을 한 명도 남기지 않고 백팔십 명을 모조리 주살했었다.

수피를 구하려는 목적이었지만 소방파 하나를 전멸시켜서 대천색령에 동원된 다른 방, 문파들에게 작은 경종을 울려주려는 의도도 조금쯤 깔려 있었다.

이 두 개의 사건으로 천존의 수하들은 경계를 한층 더 강화할 것이 분명하다. 그것은 태무악이 행동하는 것이 더 힘들어졌음을 의미한다.

그래서 그는 통천군림보에 잠입하려던 계획을 무기한 연기한 것이다.

그리고 이번 일로 한 가지 중요한 사실을 깨달았다. 기분이 내키는 대로, 그리고 주먹구구식으로 행동을 하는 것은 반드시 그에 상응하는 대가를 치른다는 것이다.

태무악에게 있어서 지금은 세상을 배워가는 과도기라고 할 수 있다.

그러나 그는 인간에 대해서 배우기보다는 복수의 화신이 되기를 원하고 있다.

그가 인간에 대해서 기억하고 있는 것은 세 살 때까지의 부모에 대한 것뿐이다.

그러므로 인간으로서 행해야 하는 것 역시 부모의 원수를 갚는 것뿐이라는 계산은 정확했다.

다음날 오전에 태무악은 영풍객점 점소이가 소개해 준 다섯 집들을 둘러보고 나서 그중에 한 집을 금화 열다섯 냥을 주고 샀다.

북경성 내성(內城) 남쪽 화평문(和平門) 근처의 대로 양쪽에 무수히 뻗은 수많은 골목 중 하나의 안쪽으로 오륙 장쯤 들어간 곳에 있는 아담한 집이었다.

이 집을 택한 이유는 밖에서 안이 전혀 들여다보이지 않는다는 이유 때문이었다.

이 집의 특징은 따로 담이 없고 집 자체가 빙 둘러 사각의 담을 이루고 있으며, 집 안 한가운데에 사각의 아담한 마당이 형성되어 있다.

마당은 정사각형이며 폭이 오 장 남짓으로 그다지 좁지 않은 편이며 조그만 연못과 화단도 있었다.

다섯 개의 방과 제법 널찍한 거실, 그리고 주방과 창고가 있었으며 각 방의 앞에는 긴 낭하가 연결되어 있었다.

그러나 덩그러니 집만 구했을 뿐 가재도구나 요리를 하는 부정지속(釜鼎之屬) 따위는 하나도 없는 상황이었다.

태무악은 제대로 된 가정집을 한 번도 본 적이 없으니 집을 어떻게 꾸며야 하는지조차 모르고 있었다.

하지만 살아가려면 여러 가지 물건들이 필요할 것이라고 막연하게나마 생각하고 있었다.

그렇다고 점소이에게 그런 것까지 해달라는 것은 내키지 않는 일이었다.

그는 일단 영풍객점에 있는 수피를 데려올 생각으로 집을 나와 거리로 나섰다.

그가 집을 구한 데에는 몇 가지 이유가 있다.

처음에 영풍객점에 객방을 얻은 것은 수피 때문이었고, 그 다음에는 삼풍호개에게 백호전령에 대해서 알아내면 그곳으로 오라고 했기 때문이었다.

하지만 이제는 여러 면에서 불편한 북경성 밖 영풍객점에 머물고 있을 필요가 없어졌다.

성내에 집을 구하기 된 가장 큰 이유는 일이 오래 걸릴 것에 대비하여 안정되게 은둔할 만한 장소의 확보였다.

매번 성 밖 영풍객점을 오가는 것도 불편하고, 또한 성내 객점에 투숙을 한다고 해도 대천색령에 동원된 수많은 무사들이 들쑤시고 다니고 있으므로 발각되는 것은 시간문제라는 생각이 들었다.

그다음은 백호사자와 깊은 연관이 있을 것으로 짐작되는 조 대협이라는 인물이 통천군림보 내의 명정루에 묵고 있다는 이유 때문이었다.

조 대협에 대해서 자세히, 그리고 치밀하게 조사하려면 태무악 자신이 통천군림보와 같은 성내에 머물고 있어야 한다고 판단을 한 것이다.

세 번째 이유는 안전이 확보된 장소에서 백팔살인공과 그 외의 무공들을 연마하기 위해서다.

그는 무이산에서의 삼 년 동안 무공 연마를 끝내고 하산한 이후 지금까지 이십삼 일 동안 한차례도 무공을 연마하지 못하고 있는 중이다.

그 사실이 그를 조금쯤 불안하게 만들었다.

현재 그는 세력이나 동료 같은 것이 전혀 없는 형편이다. 그가 갖고 있는 것은 삼백육십구 종류의 무공이 전부다.

그중에서 그는 현재 삼삼살인공과 삼삼혈한공 도합 육십육 종류의 무공을 완벽하게 터득했다.

달리 말하자면 아직 삼백삼 종류의 무공은 익히지 못했다는 뜻이기도 하다.

그는 무간옥주 염제를 그리 어렵지 않게 제압할 수 있을 정도의 놀라운 무공을 일신에 지니고 있다.

그렇지만 염제의 말에 의하면 천존 휘하에는 염존 정도의 수하가 천여 명이나 되고, 또한 세력은 거대하기 이를 데 없다고 했다.

그 세력을 태무악 혼자 상대하려면 지금보다 열 배, 아니, 백 배 이상 강해져야만 할 것이다.

태무악을 돕는 사람은 한 명도 없다. 삼풍호개는 태무악에 대해서 아무것도 모르는 상태에서 그저 일회성으로 도움을 주고 있을 따름이다.

그렇다고 해서 누군가에게 자신의 원한에 대해서 설명하고 도움을 받을 생각은 추호도 없다.

설혹 그럴 마음이 있다고 해도 태무악의 사정을 알고 난 후에 도움을 주려는 사람은 없을 것이다.

대체 어느 누가 절대자 천존을 상대로 무모한 전쟁을 벌이려고 하겠는가.

그래서 태무악은 오직 자기 자신만 믿을 뿐이다. 그러자면 무슨 일이 있어도 강해져야만 한다.

천존의 거대한 세력을 모조리 박살 내고, 최후에 천존과 일대일로 맞서려면 백팔살인공뿐만 아니라 전체 삼백삼 종류의 무공을 모조리 완벽하게 터득해야만 한다. 그가 믿을 수 있는 것은 오로지 그것뿐이다.

그러려면 한시도 무공 연마를 게을리해서는 안 된다. 그래서 아무에게도 방해를 받지 않고 무공을 연마할 만한 장소가 필요한 것이다.

네 번째이자 마지막 이유로는, 수피를 안전한 장소에 놔두기 위해서다.

그녀를 위해서라기보다는 데리고 다니는 것이 귀찮다는 생각이 더 많이 작용했다.

그는 자신이 편하게 쉬기 위해서 집을 구하려는 생각은 조금도 하지 않았다.

그는 편하다는 것이나 힘들다는 것의 구분을 아직도 모르고 있다.

알고 있는 것이 있다면, 어떻게 해야 목숨을 부지할 수 있으며 어떤 실수를 하면 죽음에 이르게 되느냐는 것이다.

대로로 나와 번화가 쪽으로 방향을 잡은 그는 몇 걸음 걸어가다가 전면에서 일단의 무사들 이십여 명이 몰려오는 것을 발견했다.

그 무사들은 대로를 오가는 행인들을 닥치는 대로 붙잡아서 검문을 하고 있었는데, 태무악이 알고 있는 신월방이나 혼일방 무사들은 아니었다. 혼일방은 방파 자체가 전멸했으니 그들일 리가 없다.

대천색령의 표적을 저따위 허술한 방법으로 잡겠다는 생각을 누가 한 것인지 기가 막힐 일이었다.

그렇지만 아무리 유치한 검문검색이라고 해도, 대천색령의 표적이 버젓이 북경성 내를 활보하는 것에 조금쯤 지장을 주기는 할 것이다.

태무악은 몸을 돌려 반대 방향으로 걸어갔다. 귀찮지만 새로 산 집 골목으로 꺾어져서 조금만 돌아가면 될 일이다.

"아······! 상공!"

그가 막 돌아서서 두어 걸음 걷고 있는데 갑자기 옆에서 누군가의 목소리가 들려왔다. 그 목소리에는 반가움이 가득 담겨 있었다.

태무악은 고개를 돌려 방갓 아래로 목소리의 주인을 힐끗 보고는 걸음을 멈추었다.

조그맣고 아담한 체구의 어린 소녀가 키 큰 태무악을 올려다보면서 환하게 미소를 짓고 있었다.

뜻밖에도 그녀는 홍안루의 기녀 앵화였다.

두 뺨이 빨개지고 눈이 반짝이는 것을 보면, 그녀가 태무악을 만나서 얼마나 반가워하는지 알 수 있었다.

태무악은 검문을 하는 무사들 쪽을 힐끗 보고 나서 앵화를 굽어보기만 할 뿐 아무 말도 하지 않았다.

그의 과묵함을 익히 알고 있는 앵화는 개의치 않고 종달새처럼 자신이 먼저 말을 꺼냈다.

"어머니와 장을 보러 나왔어요."

그러고 보니 그녀에게서 서너 걸음 떨어진 옆에는 한 명의 중년 여인이 다소곳이 서 있었고, 두 여자의 양손에는 장을 본 꾸러미들이 여러 개 들려 있었다.

앵화는 급히 중년 여인의 손을 잡아 태무악 앞으로 끌며 소개를 했다.

"어머니, 바로 이분 상공께서 소녀에게 돈을 주셨어요."

앵화는 행여 태무악이 가버리기라도 할까 봐 서두르는 기색이 역력했다.

중년 여인은 고맙고도 황송한 표정으로 태무악을 올려다보다가 그 자리에 무릎을 꿇고 이마를 바닥에 댔다.

"나리께서 베푸신 하늘 같은 은혜에……."

그녀는 울먹이는 목소리로 말하다가 몸이 번쩍 들렸다.

태무악이 그녀의 어깨를 잡아 가볍게 들어 올린 것이다. 백주대로 상에서 바닥에 엎드려 큰절을 하면 사람들의 이목을 끌 것이 분명한 일이다.

그가 재빨리 주위를 쓸어보니 과연 몇몇 사람들이 그와 앵화 모녀를 이상한 눈으로 쳐다보고 있었다.

태무악은 모녀를 남겨두고 걸음을 옮겼다. 그러면서 자신이 돈을 준 것 때문에 앵화와 그녀의 어머니가 고마워서 그런다는 사실을 깨닫고는 돈을 준 것을 후회했다.

이렇게 귀찮은 일이 생길 줄 알았었다면 돈 같은 것은 주지 않았을 것이다.

그러자 앵화가 바삐 그를 뒤따르면서 곧 울 것 같은 목소리로 애원했다.

"상공, 부디 소녀와 어미가 상공께 한 끼 조강(糟糠:지게미와 쌀겨. 형편없는 음식)이나마 대접할 수 있도록 해주세요. 부탁이에요."

태무악은 귀찮은 생각에 좀 더 빠르게 걸었다. 생각 같아서는 경공을 전개하고 싶지만, 그랬다가는 더 귀찮은 일이 생길 것 같았다.

그때 앵화가 태무악의 옷자락을 붙잡았다. 그러면 안 된다는 것을 알지만 가만히 있다가는 놓칠 것만 같아서 어쩔 수가 없었다.

태무악은 상체를 돌리면서 앵화를 향해 슬쩍 손을 뻗었다.

마혈을 제압해서 따라오지 못하게 할 생각이었다.

막 그녀의 어깨에 손가락이 닿으려고 할 때 태무악은 그녀의 얼굴, 아니, 눈을 보고 뚝 동작을 멈추었다.

앵화가 상의 아랫단을 꼭 붙잡은 채 태무악을 바라보면서 눈물을 흘리고 있었다.

태무악은 그런 표정과 눈빛을 예전에 몇 차례 본 적이 있었다. 주령과 수피에게서.

그때 급히 따라온 앵화의 어머니도 앵화 옆에 나란히 서서 두 손을 앞에 모은 채 아무 말 없이 눈물을 흘렸다.

행인들이 힐끗거리며 지나갔고, 더러는 멈춰서 구경을 하기 시작했다.

그러나 조금 전하고는 달리 태무악은 행인들이나 점점 가까이 다가오고 있는 무사들이 지금은 그다지 신경이 쓰이지 않았다.

그는 두 여자가 하염없이 눈물을 흘리고 있는 모습을 보고 있는 동안에 어째서 자신이 알고 있는 사람, 아니, 여자들의 모습이 겹쳐지는 것인지 이유를 알지 못했다.

그러더니 끝내는 파양현 벽라촌 청은장 고향집에 두고 온 송선 송 이모의 모습마저 떠올랐다.

그녀가 태무악을 보면서 하염없이 눈물을 흘리던 그 모습이 지금 자신을 보면서 울고 있는 앵화의 어머니와 어쩌면 그토록 닮아 보이는 것인지 모를 일이었다.

"날더러 어쩌라는 것이냐?"

결국 그는 무심한 표정과 그보다 더 무심한 목소리로 중얼거리고 말았다.

앵화네 집은 북경성 외성에서 동남쪽 후미진 곳인 삼의묘(三義廟) 근처의 빈민가에 있었다.

광거문(廣渠門)과 삼의묘 사이에는 크고 작은 호수가 십여 개 정도 흩어져 있고 여러 가닥의 좁은 운하가 그것들과 얼기설기 연결되어 있다.

그리고 호수와 운하 주변에 수백 채의 다 쓰러져 가는 집이나 움막들이 다닥다닥 모여 있는 광경은 마치 바닷가를 뒤덮고 있는 수많은 게딱지들 같았다.

앵화네 집은 그중 하나의 호수에서 일 장 거리밖에 되지 않는 빈민가의 가장자리에 위치해 있었다.

태무악은 앵화네 집을 등지고 호숫가에 우뚝 서 있었다.

두 여자를 따라오는 도중에 그는 얼마든지 그녀들을 떨쳐내고 제 갈 길로 갈 수 있었지만 그렇게 하지 않았다.

그러나 왜 그랬는지는 모르고 그 이유를 생각해 보려고 하지도 않았다.

앵화네 움막은 그녀들처럼 키가 작은 여자들도 허리를 굽히고 들어가야 할 만큼 낮았으며 또 대낮인데도 창이 없는 탓에 안이 어두컴컴했다.

그리고 방이 하나였다. 가족이 몇 명인지는 모르지만 그들 모두가 방 한 칸에서 생활할 뿐만 아니라 그곳이 또한 주방이기도 했다.

태무악은 움막 안에 들어가 보지 않았다. 좁고 더러워서가 아니라 귀찮기 때문이었다.

지금으로선 그녀들이 해주는 한 끼 밥을 먹고 여길 떠나면 그만이라는 생각뿐이었다.

그의 앞에 있는 호수는 폭이 오십여 장 정도로 호수라기보다는 커다란 웅덩이 같았다.

몹시 더러운 물이었으며 더운 날씨 때문에 악취가 풍겼다.

그 물에서 아이들이 떼를 지어 헤엄을 치면서 해맑게 웃으며 놀고 있는 광경이 보였다.

또한 호숫가에서는 아낙네들이 그 물에 빨래와 설거지를 하고 있었다.

"상공."

그때 앵화가 뒤에서 조심스럽게 그를 불렀다.

그녀를 따라서 들어간 움막 안은 밖에서 본 것보다 더 어두웠고 또 좁았다.

세간은 구석의 몹시 낡은 함롱 하나와 그 옆에 가지런히 개어 있는 남루하기 짝이 없는 이불더미, 그리고 벽에 걸려 있는 몇 벌의 낡은 옷과 반대편 구석에 나무판자로 짜서 만든 찬장이 전부였다.

탁자나 의자 같은 것은 아예 없었다. 움막 한복판 바닥에 널찍한 판자가 놓여 있고 그 위에 몇 가지 요리와 밥그릇이 놓여 있었다.

앵화가 수줍은 듯 태무악에게 앉기를 권했다. 그 옆에서 행주치마에 젖은 손을 닦고 있는 그녀의 어머니는 더 수줍은 표정을 짓고 있었다.

깨진 그릇에 담겨 있는 요리들은 볼품없게 보였지만 향긋하고 구수한 냄새를 풍기고 있었다.

태무악은 방갓을 벗고 자리에 앉아 먹기 시작했다. 그런데 그는 고기 한 점을 입에 넣고 씹다가 뚝 멈추었다.

맛있었다. 아니, 맛있는 정도가 아니라 씹지도 않았는데 고기가 입 안에서 살살 녹았다.

고향집 송선의 요리도 무척 맛있었다. 앵화 어머니 요리 솜씨는 송선과 견줄 만했다.

조마조마한 표정으로 바라보고 있던 앵화와 그녀의 어머니는 태무악이 맛있게 식사를 하자 그제야 안도의 표정을 지었다.

"자랑하는 것 같지만 저희 어머니께서 요리 솜씨가 좋아요."

앵화가 태무악 옆에 무릎을 꿇고 앉아 조심스럽게 시중을 들며 나직이 말했다.

그러자 어머니는 깜짝 놀라 그런 소리 하지 말라는 듯 수줍게 손을 내저었다.

태무악은 움막 입구에서 젓가락처럼 비쩍 마른 두 명의 아이가 안쪽을 힐끔거리는 것을 발견했다.

십이삼 세 정도의 어린 소녀와 칠팔 세 정도의 남자 아이였으며 남매 같았다.

그들의 눈길은 태무악 앞에 놓인 요리에 고정되어 있었고, 얼굴에는 먹고 싶은 표정이 역력하게 떠올라 있었다. 동생으로 보이는 아이는 침까지 흘리고 있었다.

그때 앵화 어머니가 남매를 발견하고 깜짝 놀라며 손을 내저어 쫓아버렸다.

"상공께서 주신 돈 덕분에 병든 아버지를 의원께 보이고 치료를 받도록 할 수가 있었어요."

앵화가 무릎을 꿇은 채 두 손을 앞에 모으고 머리를 깊이 숙이며 진심 어린 목소리로 고마워했다.

그러자 그녀의 어머니도 옷깃을 여미고 말없이 무릎을 꿇고 머리를 숙였다.

태무악은 세상 사람들이 그저 먹고사는 것만으로도 얼마나 힘들어하는지 모른다.

앵화는 태무악에게 받은 은자 삼십 냥으로 제일 먼저 병든 아버지를 의원에 모시고 갔다.

북경성에는 살아 있는 부처, 즉 활불(活佛) 옥선이라는 명의가 무료로 사람들을 치료해 주고 있지만, 옥선의 소문을 듣고 천하에서 병들고 다친 사람들이 구름처럼 몰려들어 무령원 앞은 언제나 문전성시를 이루고 있다.

앵화도 어머니와 함께 빌린 수레에 아버지를 태우고 앞에서 끌고 뒤에서 밀며 여러 차례나 무령원에 갔었지만 언제나 늦기 일쑤여서 헛걸음만 하고 되돌아왔었다.

그래서 생각하다가 못해서 끝내 앵화는 기녀가 되기로 결심을 했던 것이다.

그렇게 해서 아버지를 치료하고 어머니의 고생을 덜며 동생들을 배불리 먹이려는 갸륵한 심정이었으나 기녀가 됐다고 해서 돈을 금세 벌 수 있는 것이 아니었다.

그렇게 벙어리 냉가슴만 앓고 있을 때에 태무악이 거금 은자 삼십 냥을 선뜻 주었으니 빈집에 황소 한 마리가 들어간 것이나 진배가 없었다.

태무악은 차려놓은 요리를 깨끗하게 비우고는 젓가락을 내려놓았다.

그리고 그는 식사를 하는 동안에 한 가지 괜찮은 생각을 떠올렸다.

하지만 그것을 앵화나 그녀의 어머니가 어떻게 받아들일지는 짐작할 수 없었다.

그는 여전히 무릎을 꿇고 있는 앵화 어머니를 쳐다보았다.

"당신이 나를 좀 도와줄 수 있는가?"

두 여자는 무슨 뜻인지 몰라 의아한 표정으로 태무악을 쳐다보았다.

태무악은 무표정한 얼굴로 방갓을 집어 들었다.

"내 집에 와서 일을 해주게."

"상공께 집이 있으셨나요?"

앵화가 깜짝 놀라 눈을 크게 뜨며 물었다.

태무악은 고개만 끄덕이고 대답하지 않았다.

앵화와 그녀의 어머니는 몹시 긴장한 표정으로 태무악을 말끄러미 바라보며 그의 다음 말을 기다렸다.

태무악은 앵화 어머니가 대답을 하지 않자 그녀들이 썩 내켜하지 않는 것으로 해석했다.

그래서 그만둘까 하다가 한마디 툭 던졌다.

"돈을 주겠다."

"상공……."

앵화 어머니는 너무도 갑작스럽고 또 고마워서 차마 말을 잇지 못했다.

그녀는 외성의 어느 허름한 주루에서 허드렛일을 하고 하루에 겨우 엽전 두 냥을 번다.

그나마도 경쟁이 무척 심해서 일을 할 수 있는 날보다 못하는 날이 더 많기 때문에 한 달 수입이라고 해봐야 고작 엽전 스무 냥 남짓이 전부였다.

그래도 모녀가 대답이 없자 태무악은 일어서기 전에 마지막 승부수를 던졌다.

"하루에 얼마를 주면 일하겠느냐?"

사실 모녀는 너무 감지덕지하여 어쩔 줄 몰라 말을 못하고 있다가 뒤늦게 앵화가 겨우 입술을 뗐다.

"두… 냥이면 됩니다."

태무악의 일이라면 돈을 받지 않아도 되지만, 그러면 앞으로의 생계가 막막해지기 때문에 그녀는 어머니가 주루에서 받는 하루 일당만큼을 말했다.

하루 두 냥씩이라도 한 달 내내 일할 수만 있다면 자그마치 육십 냥이고, 그러면 앵화네 살림은 지금보다는 조금 더 나아질 것이다.

태무악은 고개를 끄덕였다.

"한 달치를 미리 주마."

탁!

그가 앵화 앞에 내려놓은 것은 반짝이는 금화로 무려 석 냥이었다.

그는 앵화가 말한 '두 냥'을 은자일 것이라고 생각했다. 사람을 하루 종일 부려먹으면 그 정도는 줘야 당연하다는 생각이었다.

점소이 말로는 금화 한 냥이 은자 이십 냥이라고 했으니까, 하루에 은자 두 냥씩 한 달이면 육십 냥. 그러니까 금화로는 석 냥이라고 환산한 것이다.

앵화 어머니가 주루에서 한 달 내내 일을 한다고 해도 엽전 육십 냥을 벌 수 있다.

은자 한 냥은 엽전 오십 냥이다. 그러므로 금화 석 냥이 얼마 정도의 가치가 있는지는 어렵지 않게 짐작할 수 있을 터이다.

몸을 일으키던 그는 모녀가 굳은 채 움직이지 않는 것을 보고 쐐기를 박았다.

"적다면 더 주마."

第三十八章

가족(家族)

大武神 대무신

　수피를 데리러 가고 있던 태무악은 영풍객점을 백여 장쯤 남겨둔 강둑 길에서 부지런히 앞서 달리고 있는 삼풍호개를 발견했다.

　삼풍호개는 평소의 그답지 않게 어떤 생각에 골몰하면서 달리고 있었다.

　그러다가 어느 순간 자신의 옆에 하나의 커다란 물체가 있는 것을 발견하고 소스라치게 놀라 본능적으로 강둑 아래를 향해 몸을 날렸다.

　제 딴에는 창졸간의 급습을 피하려는 것이었으나, 가파른 비탈을 볼썽사납게 데굴데굴 굴러 무성한 갈대숲에 처박히고 말았다.

그는 갈대숲에 몸을 숨기고 조심스럽게 강둑 위를 살피다가 그곳에 방갓을 쓴 태무악이 우뚝 서 있는 것을 발견하고 겸연쩍은 표정으로 부스스 갈대숲에서 나왔다.

그는 원래 후안무치한 성격이지만, 방금 전의 행동에 대해서는 부끄러움을 떨치기가 어려웠다.

그래서 그는 부끄러움을 감추려고 오히려 태무악에게 큰소리를 치며 언덕을 올라갔다.

"모 형! 자넨 나타날 때마다 어째서 사람을 그렇게 놀라게 하는 것인가?"

태무악은 삼풍호개가 강둑 위로 다 올라올 때까지 묵묵히 지켜보기만 했다.

삼풍호개는 그렇게 말을 해놓고는 더 부끄러움을 느꼈다.

그 자신은 평소에 개방 방주의 후계자로서 자부심이 대단했는데, 태무악이 기척없이 나타나는 것 때문에 놀랐다는 사실을 스스로 인정해 버린 꼴이 된 것이다.

결국 그는 태무악에게만은 여러 면에서 양보를 할 수밖에 없다는 것으로 스스로를 위로했다.

"자네에게 가는 길이었네."

두 사람은 영풍객점 쪽으로 나란히 걸음을 옮겼고, 삼풍호개가 입을 열었다.

"홍안루의 백호전령으로 의심되는 인물이 오늘 아침 일찍 움직였다고 하네."

지난번에 삼풍호개는 자신의 친구가 백호전령을 미행하다가 그자의 경공술이 워낙 빨라서 놓쳤다고 말했었다.

"헤헤. 내가 약간 손을 써두었지."

그는 조금 전에 낭패를 당했던 것을 까맣게 잊은 듯 득의하게 킬킬거렸다.

그의 말인즉, 북경성 일대에 자신의 거지 친구들이 제법 많은데, 그들에게 백호전령의 용모파기를 일러주었기 때문에 그가 어디에 나타나기만 하면 그 즉시 친구들에게서 연락이 올 것이라는 얘기였다.

"백호전령이 어디에 나타나서 한동안 움직이지 않고 있다면 즉시 자네에게 알려주겠네."

그렇게 말하면서 삼풍호개는 어떤 방법으로 알려줄 것인지에 대해서는 언급하지 않았다.

목마른 사람이 우물을 파는 법이다. 그래서 태무악이 걸음을 멈추고 먼저 물었다.

"나는 이제 더 이상 영풍객점에 있지 않을 거야. 앞으로는 나를 어떻게 찾아낼 텐가?"

삼풍호개가 히죽 웃으며 따라서 멈추었다.

"자네 성내 화평문 근처 골목 안에 썩 괜찮은 집을 샀다면서? 앞으로는 그곳으로 연락해 줄 테니 자넨 마음 푹 놓고 기다리고 있게."

"……."

그는 어깨로 태무악의 어깨를 툭 치며 은근짜를 부렸다.

"그런데 자네 집들이 안 할 생각인가? 조만간 거하게 한잔 하세, 응?"

태무악은 무심한 표정으로 삼풍호개를 지그시 쳐다보았다. 그는 문득 자신이 삼풍호개에게 감시를 당하고 있다는 기분이 들었다.

설혹 그렇지 않더라도 최소한 자신이 삼풍호개의 감시망 안에 있는 것은 분명했다.

삼풍호개는 자신보다 머리 하나 반쯤 더 큰 태무악을 눈알을 데룩거리면서 올려다보았다.

그러나 그의 무심한 표정으로는 무슨 생각을 하고 있는지 짐작조차 할 수 없었다. 그래서 순전히 자신의 깜냥으로만 대처했다.

자신이 그의 집을 아는 것 때문에 기분이 상한 것이라고 짐작을 한 것이다.

"북경성 내에도 내 친구들이 수두룩하다네. 그러니까 자네가 어디에서 무엇을 하고 있는지는 마음만 먹으면 금세 알 수 있다구."

그때 삼풍호개는 태무악의 두 눈 깊은 곳에서 푸르스름한 안광이 번뜩이는 것을 발견하고는 자신도 모르게 움찔 몸을 떨었다.

하지만 그가 정신을 차리고 다시 쳐다보자 푸르스름한 안광은 이미 사라졌다.

혹시 착각이 아닐까 여겼지만 아직도 자신의 망막에 그 푸르스름한 안광의 잔영이 뚜렷하게 각인되어 있는 것을 깨닫고는 절대 착각이 아니라고 생각했다.

그리고 그제야 삼풍호개는 자신의 온몸에 후르르 소름이 끼쳐 있는 것과 등줄기로 서늘한 한기, 즉 공포가 훑고 지나는 것을 느꼈다.

태무악의 눈빛을 접하는 순간 정신이 인지하기도 전에 몸이 본능적으로 먼저 반응을 한 것이었다.

태무악은 느릿하게 삼풍호개에게서 시선을 거두더니 다시 걷기 시작했다.

그가 아무런 행동을 취하지 않았으나 삼풍호개는 방금 전 그 눈빛이 무언의 경고라고 생각했다.

문득 삼풍호개는 속에서 불끈하고 항심(抗心)이 솟았으나 지그시 억눌렀다.

사실 그는 개방 내에서도 알아주는 지랄 같은 성격을 지니고 있다.

평소의 성질대로 하자면 방금 태무악의 눈빛에 한바탕 싸움이라도 벌였어야 옳았다.

그런데도 그가 성질을 죽이고 참는 이유는, 딱히 술 때문이 아니라 태무악 같은 사람을 잃고 싶지 않아서였다.

사실 그는 태무악에게서 기묘한 매력을 느끼고 있었다.

삼풍호개에게는 온갖 방면, 수많은 종류의 친구들이 셀 수도 없이 많이 있다.

하지만 태무악 같은, 아니, 그와 비슷하기라도 한 사람은 한 명도 없었다. 그만큼 그는 특이한 존재였다.

어제 영풍객점에서 술을 마시던 도중에 태무악이 한마디 말도 없이 사라졌던 일이나, 방금 전의 일을 삼풍호개가 감수하려고 애쓰는 것은 그런 태무악을 잃고 싶지 않다는 마음에 기인하기 때문이다.

삼풍호개는 힐끗 태무악의 옆얼굴을 쳐다보았다. 언제 봐도 똑같이 무표정한 얼굴이 거기에 있었다.

얼굴만 봐서는 도대체 무슨 생각을 하고 있는지 가늠조차 할 수가 없다.

그리고 이렇게 쳐다보고 있으면 그의 매력이나 특이한 점이 무엇인지 단 하나도 꼬집어낼 수가 없다.

태무악은 생각에 잠겨 있었다. 원래 그는 깊은 생각을 잘하지 않는다.

이날까지 본능과 습관에만 의존하면서 살아왔기 때문에 '생각'이라는 자체가 익숙하지 않기 때문이다.

그렇지만 무간옥을 탈출한 이후에는 여태까지처럼 본능에만 맡기는 것이 얼마나 위험천만한 일인지를 여러 차례 경험하고 나서는 언젠가부터 자연스럽게 '생각'이라는 것을 하게 되었다.

삼풍호개가 백호전령에 대해서 알아봐 주고 있는 것은 태무악에게 매우 중요하다.

하지만 만에 하나 삼풍호개가 나중에라도 태무악의 신분을 알게 된다면, 그가 천존의 세력에게 태무악에 대해서 발고(發告)를 할지도 모르는 일이다. 아니, 당연히 그럴 것이라고 봐야 한다.

어쩌면 그는 이미 태무악의 신분을 알고 있을지도 모른다. 그래서 어떤 임무를 띠고 접근하여 친하게 구는 것일 수도 있다.

아무리 백호전령이 중요하다고 해도, 태무악 자신이 백일하에 드러나는 것보다는 중요하지 않다.

사실 삼풍호개가 천존하고는 아무런 연관이 없으며, 설혹 태무악의 진실한 신분을 알게 되더라도 그를 팔지 않을 가능성이 있다고 해도, 그런 희소성에 자신의 운명을 맡길 수는 없는 것이다.

생각이 거기에 미치자 태무악은 더 이상 모험을 하지 않기로 작정했다.

태무악은 다시 걸음을 멈추고 삼풍호개에게 가볍게 고개를 끄덕였다.

"그만 가라."

태무악은 언제나 그런 정나미 떨어지는 말투였고 표정이

었지만 삼풍호개가 느끼기에 오늘은 더 심한 것 같았다. 아마 조금 전의 일 때문일 것이다.

삼풍호개는 고개를 끄덕인 후에 왔던 길로 달려가면서 손을 흔들었다.

"일이 잘되면 나중에 술이나 거하게 사게!"

그런 일은 없을 것이다.

태무악은 삼풍호개의 모습이 시야에서 완전히 사라질 때까지 그곳에 서 있다가 영풍객점으로 들어갔다.

태무악은 북경성 내의 집에 수피를 데려다 놓은 후에 처음 그녀를 데리고 갔었던 늙은 의원을 찾아갔다.

노의원은 태무악을 보고 마치 친척이라도 만난 것처럼 반색을 하며 안으로 안내했다.

그런데 태무악은 그곳 복도에서 또다시 앵화를 만났다. 그녀는 손에 물그릇과 수건을 들고 복도에서 의방 쪽으로 나오다가 태무악을 발견하고 깜짝 놀라 쪼르르 다가오며 기쁜 얼굴로 외쳤다.

"상공! 여긴 어떻게 알고 오셨어요?"

태무악은 그녀의 말뜻을 이해하지 못했다.

어머니가 태무악의 집에서 일을 하게 된 앵화는 제 딴에는 태무악과 많이 친해졌다고 여겼다.

그래서 그녀는 스스럼없이 그의 손을 잡고 복도 안으로 이

끝었다.

하지만 태무악은 그녀가 생각하는 것의 백분의 일만큼도 그녀와 친분이 있다고 생각하지 않는다.

그저 길거리에서 만난 낯선 사람보다는 조금 낫다고 여기는 정도였다.

그렇지만 태무악은 앵화의 손을 뿌리치지 않았다. 그녀가 그러는 이유가 있을 것이라고 생각했기 때문이다.

그녀가 안내한 곳은 어느 방이었고, 그곳에는 한 명의 장한이 누워 있었다.

"아버지, 상공께서 몸소 오셨어요."

앵화는 장한에게 달려가 부축하여 일으켜 앉혔다.

앵화 아버지는 원래 누구의 부축 없이는 손가락 하나 까딱하지 못하는 중병을 앓고 있는 중이다.

그런데도 은인이 왔다는 말에 온몸을 떨면서 태무악에게 절을 하려고 애썼고, 앵화는 옆에서 그를 부축했다.

노의원은 앵화 부녀에게 태무악이 어떤 존재인지 앵화에게 들어서 이미 알고 있기 때문에 부녀를 말리지 않았다.

앵화가 자신에게 돈을 준 사람의 용모에 대해서 설명했을 때 노의원은 그 즉시 태무악의 모습을 떠올렸다.

그는 노예인 수피도 구해주고 또 앵화네도 구해준 태무악이 선인 중의 선인이라고 생각했다.

태무악은 묵묵히 서서 부녀를 굽어보았고, 그 옆에는 노의원이 서 있었다.

사실 앵화 아버지는 몸을 무리하게 움직여선 안 되는 상태이지만, 노의원은 말리지 않고 지켜보았다.

만약 절을 하지 못하게 말린다면, 저들 순박한 부녀는 냉가슴을 앓다가 오히려 더 큰 병에 걸리고 말 것이다.

앵화 아버지는 절을 했다기보다는 아예 바닥에 엎드러진 자세를 취하고 불분명한 어조로 웅얼거렸다.

"으… 은공의 하늘 같은… 은혜… 죽는 날까지… 갚겠습니… 다…….."

노의원이 설명했다.

"이 사람은 연연(軟鉛)이오. 심한 상태인데다 오랫동안 방치해 두어서 중증이 됐소."

연연이란 납중독을 말하고 흔한 병이 아니다.

앵화가 아버지를 부축한 채 태무악을 우러러보면서 애처롭게 말했다.

"소녀의 아버지는 오랫동안 연광(鉛鑛 : 납광산)에서 일하시다가 일 년 전에 집에 돌아오셨는데 그때부터 내내 자리에 누워 계셨어요."

앵화네 가족은 아버지가 연광에서 일하여 보내주는 돈으로 생활을 해왔었다.

노의원이 진중하게 설명했다.

"환자의 체내에 워낙 많은 납이 축적되어 있는 상태라오.

치료 방법으로는 약을 써서 대소변으로 납을 배출시키는 것뿐인데, 완치되려면 일 년 이상 치료를 계속해야 하오. 그동안 환자의 고생은 막심할 것이오."

그는 고개를 절레절레 가로저으며 솔직하게 말했다.

"그렇기 때문에 환자가 그때까지 살아 있을 것이라고는 보장하지 못하겠소."

그 말을 처음 듣는 것도 아니거늘, 앵화는 아버지를 자리에 눕히고 나서 노의원에게 계속 절하며 어떻게든 아비를 살려 달라고 눈물로 애걸복걸했다.

태무악이 방을 나와 의방 쪽으로 걸어가자 노의원이 뒤를 따라 나왔고, 방 안에서는 앵화의 구슬픈 울음소리가 계속 들려왔다.

"한련초(旱蓮草)를 다섯 근 주시오."

태무악의 말에 노의원은 그가 앵화 아버지를 보러 의원에 온 것이 아니라는 사실을 깨달았다.

노의원이 한련초를 꺼내어 종이에 싸고 있을 때 태무악은 앵화의 울음소리가 들려오는 방 쪽을 힐끗 쳐다보더니 다시 그곳으로 걸어갔다.

그가 방에 들어오는 것도 모른 채 앵화는 아버지 옆에 앉아서 흐느끼고 있었다.

태무악은 그녀를 가볍게 옆으로 밀치고 아버지 옆에 앉아 손목의 맥을 짚어보았다.

연약한 앵화가 태무악의 억센 힘에 방구석까지 밀려가 쓰러져서 크게 놀란 표정을 짓고 있었으나 그는 신경조차 쓰지 않았다.

태무악이 앵화 아버지를 일으켜 앉히고 있을 때 방에 들어서던 노의원이 그 광경을 발견하고 깜짝 놀랐지만 만류하지 않고 오히려 거들어주었다.

태무악은 노의원이 부축해서 겨우 앉아 있는 앵화 아버지 뒤에 가부좌의 자세로 앉아 양손을 뻗어 쌍장을 명문혈에 밀착시켰다.

무간자들은 독에 중독됐을 경우에 해독시키는 수많은 방법들을 꾸준히 수련했었다.

더구나 태무악은 삼삼혈한공의 제독치령법(制毒治靈法)을 완전히 터득했다.

이 수법은 용독(用毒:독을 사용함)과 제독(制毒:독을 다스림)은 물론이고, 사람의 정신까지도 제압하거나 다스릴 수 있는 사파의 비전절기다.

그러므로 체내에 축적된 납 성분을 다스리는 것쯤은 대수롭지 않은 일이다.

태무악은 삼성(三成)의 진기를 일으켜서 쌍장을 통해서 앵화 아버지의 체내로 주입시킨 후 제독치령법의 제독 구결에 따라 전신혈맥을 주천시키면서 흡자결(吸字訣)의 수법을 전개했다.

앵화는 무슨 일인지 몰라서 아버지 앞에 무릎걸음으로 다가와 긴장한 표정으로 얼굴을 빤히 바라보았다.

노의원은 태무악이 무엇을 하는지 정확하게는 모르지만 대충 짐작을 한다는 표정이었다.

그러나 태무악이 무림인이라는 사실은 뜻밖이지만, 그가 앵화 아버지를 치료한다는 것에 대해서는 다분히 회의적이라고 여겼다. 그렇게 간단한 병이 아닌 것이다.

앵화 아버지는 두 눈을 질끈 감은 채 온몸을 가늘게 떨면서 비 오듯 땀을 흘리고 있었다.

약 일다경의 시간이 경과했을 때 앵화 아버지의 목에서 심하게 가래 끓는 소리가 났다.

무엇을 감지했는지 노의원이 갑자기 앵화에게 급히 외쳤다.

"비켜라!"

앵화는 놀라서 엉겁결에 몸을 옆으로 쓰러뜨렸다.

"커억!"

다음 순간 앵화 아버지가 입을 찢어지듯이 크게 벌리더니 무엇인가 시커먼 덩어리를 토해냈고, 그것이 앞으로 쏜살같이 튀어나갔다.

만약 앵화가 제때에 피하지 못했다면 시커먼 덩어리를 뒤집어쓰고 말았을 것이다.

노의원과 앵화는 놀란 얼굴로 바닥에 떨어져 있는 시커먼 덩어리를 쳐다보았다.

'설마…….'

노의원은 불신 어린 표정으로 시커먼 덩어리와 태무악을 번갈아 쳐다보았다.

자세히 확인을 해봐야 알겠지만, 노의원은 시커먼 덩어리가 앵화 아버지 체내에 있던 납 성분일 것이라고 짐작했다. 납 중독인 사람이 납 성분을 토해냈으니 완치가 된 것이나 다름이 없는 일이다.

태무악은 묵묵히 앵화 아버지를 자리에 눕히고는 일어나서 나가 버렸다.

"의원 어른……."

앵화가 어리둥절한 얼굴로 쳐다보자 노의원은 잠시 놀라움을 삭이더니 믿어지지 않는다는 표정으로 입을 열었다.

"내 짐작이 틀림없다면 방금 그분 상공께서 네 아비의 병을 고쳐 주신 것 같구나."

끼이이.

태무악이 대문을 두드리자 잠시 후에 앵화 어머니가 달려나와 문을 열어주었다.

태무악이 묵묵히 들어서자 그녀는 공손히 허리를 굽혔다.

"무악!"

태무악이 거실로 들어서기도 전에 안에서 수피가 반갑게

달려나와 그에게 안겼다.

　몇 번 그에게 안기다 보니 익숙해져서인지 그녀는 두 팔로 태무악의 허리를 꼭 안고 가슴에 얼굴을 묻은 채 떨어질 생각을 하지 않았다.

　태무악은 그녀를 가볍게 떼어내고는 들고 있던 한련초 꾸러미를 앵화 어머니에게 주었다.

　거실에는 탁자와 의자 등의 가구들이 제법 그럴듯하게 제자리에 배치되어 있었다.

　태무악이 낮에 앵화 어머니를 집에 데리고 왔을 때 그녀에게 금화 스무 냥을 주면서 집에 필요한 물건들을 대충 사들이라고 했었다.

　앵화 어머니는 그 돈으로 거실은 물론 다섯 개의 방과 주방에 필요한 세간들을 모두 사들였으며 식량과 요리 재료도 충분히 구입했다.

　가구들은 비싸거나 고급스럽지 않았으나 그렇다고 볼품없지도 않았다.

　오동나무로 만들었기 때문에 하나같이 검소하면서도 은은한 기품이 풍겨졌다.

　하지만 태무악은 거실의 가구에는 눈길조차 주지 않고 곧장 다른 방으로 향했다.

　"저……."

　그러자 앵화 어머니가 조심스럽게 그를 불렀다.

그가 뒤돌아보자 그녀는 공손히 무엇인가를 내밀었다.

뜻밖에도 그녀의 손에는 반짝이는 금화와 은자가 수북하게 놓여 있었다.

"분부하신 대로 가구들과 필요한 물품을 사는 데 도합 금화 석 냥과 은자 열두 냥이 들었어요. 이것은 남은 돈과 미리받은 제 녹료(祿料:급료)입니다."

태무악은 돈을 받지 않고 앵화 어머니를 쳐다보았다.

물건을 사들이라고 금화 스무 냥을 주었는데 겨우 석 냥 남짓밖에 안 들었다는 것은 뜻밖이었다.

그렇지만 그녀에게 주었던 녹료를 다시 내놓은 것이 더 이해할 수 없었다.

앵화 어머니는 허리를 굽히며 아뢰듯이 말했다.

"소인의 녹료로 한 달에 금화 석 냥은 지나치게 많아요. 은자 한 냥이면 충분합니다. 거두어주세요."

태무악도 이제는 금화와 은자, 엽전의 가치에 대해서 어느 정도는 알게 되었다.

그리고 세상 물정에 대해서는 자세히 모르지만 앵화 어머니가 정직하다는 것만큼은 알 수 있었다.

그녀의 정직함에 대한 보답으로 그녀가 내민 돈을 모두 주어도 아깝지 않다는 것이 태무악의 생각이다.

하지만 그는 돈을 받고 원래대로 금화 석 냥을 그녀의 손에 남겨두었다.

태무악이 아무 말도 하지 않았으나 그의 뜻을 헤아리지 못할 앵화 어머니가 아니었다.

그러나 그녀는 돈을 태무악에게 내밀면서 고집스러운 표정을 지었다.

"소인들에게 큰 은혜를 베푸셨는데 이러시면 안 됩니다. 거두어주십시오."

하지만 태무악은 대꾸도 하지 않고 방으로 들어가 버렸다.

앵화 어머니는 복잡한 표정으로 태무악의 뒷모습을 바라볼 뿐 더 이상 말하지 않았다.

태무악이 들어간 방은 그가 사용하게 될 방이었다. 그는 앵화 어머니에게 자신의 방에는 돌 침상 하나만 실내 복판에 들여놓고 다른 것들은 일체 들이지 말라고 말했었다.

그가 들어서니 과연 실내 한복판에 흑회색의 돌 침상 하나가 덩그러니 놓여 있을 뿐 아무것도 없었다.

그는 즉시 돌 침상 위에 올라가 가부좌의 자세를 틀고 운공조식을 시작했다.

그가 방을 나온 것은 한 시진 반 후인 술시(戌時:저녁 8시) 무렵이었다.

앵화 어머니는 아직 집에 가지 않고 주방에 있었고, 수피는 그 옆에서 뭐라고 종알거리고 있었다.

거실로 나온 태무악이 들어보니 수피가 앵화 어머니에게

한어를 배우면서 부엌일을 거들고 있는 중이었다.

뭐가 재미있는지 수피는 연신 깔깔거리면서 알아듣기 어려운 말을 쉬지 않고 종알거렸다.

태무악이 낮은 헛기침을 하자 수피가 쪼르르 달려왔고 앵화 어머니는 서둘러 식사 준비를 했다.

"나리."

그녀는 또 버릇처럼 태무악의 품에 파고들어 몸을 비틀면서 교태를 부렸다.

예전에 그녀는 태무악을 '무악'이라고 불렀었는데 방금은 '나리'라고 불렀다.

수피가 태무악의 노예라고 생각한 앵화 어머니는 '나리'라고 불러야 한다고 호칭을 가르쳐 준 것이다.

"나리, 싯사세… 요."

태무악 품에서 빠져나온 그녀는 그의 팔을 겨드랑이에 끼고 주방으로 이끌면서 더듬거렸다.

서툰 발음이지만 태무악은 그것을 '식사하세요'라고 제대로 알아들었다.

태무악과 수피가 식탁에 마주 앉아서 식사를 했고, 앵화 어머니는 두 사람이 조금도 불편함이 없도록 시중을 들었다.

이윽고 식사를 하고 나자 앵화 어머니가 태무악에게 조심스럽게 물었다.

"염색을 하시려는 것인가요?"

태무악이 고개를 끄덕이자 그녀는 즉시 주방으로 갔다가 곧 돌아왔다.

그녀의 두 손에는 나무대야가 들려 있었고, 그 안에는 먹처럼 검은 액체가 절반쯤 담겨 있었다.

그것은 한련초를 달인 물이었다.

원래 한련초는 여러 용도로 사용되지만 무엇인가를 검게 물들일 때에 주로 많이 쓰인다.

앵화 어머니는 은발 머리인 태무악이 한련초를 사갖고 들어온 것을 보고는 그것의 용도를 미리 짐작하여 오랜 시간 달여서 새카만 한련초 물을 우려내 온 것이었다.

해시(亥時:밤 10시).

태무악은 통천군림보 전문에서 십여 장 거리의 어느 골목 어귀에 서 있었다.

그런데 통천군림보 전문에서는 작은 소란이 벌어지고 있는 중이었다.

한 명의 청년이 활짝 열려 있는 전문 앞에 우뚝 서서 전문을 향해 외치고 있었다.

"나는 하남성(河南省) 개봉(開封) 진도문(震刀門)의 소문주 강탁(康卓)이오! 천존의 천중신군(天中神軍)이 이곳에 있다는 것을 알고 왔으니 대표자를 만나게 해주시오!"

크게 외치는 소리는 아니지만 내공이 실려 있어서 주위는 물론 멀리까지 쩌렁쩌렁하게 울렸다.

원래 천존의 수하를 천중신군이라고 하는데 태무악은 지금 처음 들었다.

전문을 지키는 무사들 중 십여 명이 강탁이라는 청년의 앞을 반원형으로 에워싸고 있었지만 무력을 행사하지는 않고 있었다.

그들은 아직 상부로부터 어떻게 대처하라고 명령을 받지 못한 듯했다.

"대천색령을 지휘하기 위해서 이곳 통천군림보에 천중신군이 머문다는 사실을 알고 있소! 대표자는 당장 나와서 나 강탁을 만나주시오!"

통천군림보나 천존의 수하들, 즉 천중신군이 아직 대처를 하지 않는 것으로 미루어, 청년 강탁이 외치기 시작한 지는 그리 오래되지 않은 듯했다.

아니면 떠들다가 제풀에 지쳐서 물러갈 것이라고 생각하는지도 몰랐다.

그러나 강탁은 쉽사리 물러날 기세가 아니었다. 적어도 태무악이 보기에는 그랬다.

통천군림보 안에서 아무런 반응이 없는데도 불구하고 강탁은 몹시 격앙된 모습으로 허공에 주먹을 휘두르며 계속 웅혼하게 외쳤다.

무슨 이유로 그러는 것인지는 모르지만 '천존'에게 좋지 않은 감정이 있는 것만은 분명했다.

태무악은 약간의 흥미를 느꼈다. 절대자 '천존'이라는 이름을 대로상에서 저렇게 큰 소리로 외치는 사람을 처음 봤기 때문이다.

또한 자신 외에도 천존에게 원한이나 그와 비슷한 감정을 품고 있는 사람이 있다는 사실이 흥미로웠다. 그래서 그는 조금 더 지켜보기로 했다.

"나는 예의나 법도를 모르는 무지몽매한 사람이 아니오! 천중신군의 대표자를 만나서 꼭 확인할 것이 있으니 부디 만나주길 바라오!"

태무악이 지켜보고 있는 가운데 강탁은 약 일각가량 외치고 있었다.

그는 태무악이 도착하기 전에도 있었을 테니 이제는 꽤 오랫동안 외치고 있는 중이다.

그런데도 통천군림보에서는 아무런 반응이 없었다.

전문을 지키는 무사들 중에 십여 명 정도만 여전히 강탁의 앞을 반원형으로 가로막고 있을 뿐이었다.

태무악이 알기로는 통천군림보 명정루에 천존의 수하들이 머물고 있는 것이 분명하다. 그리고 그들은 필경 강탁의 외침을 들었을 것이다.

그런데도 천존의 수하들뿐 아니라 통천군림보에서조차 아무도 나서지 않고 있다.

그로 미루어 한 가지를 추측할 수 있다.

통천군림보에 있는 '천중신군의 대표자'는 조 대협이다. 그가 강탁의 외침에 반응하지 말라고 모두에게 금족령(禁足令)을 내린 것이 분명하다.

말하자면, 강탁이 떠들든 말든 상대하지 말라는 것이다.

그것은 또한 조 대협이 강탁에게 뭔가 켕기는 구석이 있다는 뜻이기도 하다.

누군가가 자신의 집 앞에 찾아와서 큰 소리로 떠들면 거의 대부분의 집주인은 밖으로 나와서 그 이유를 묻는 것이 순서이다.

만약 집주인이 뭔가 잘못한 것이 있다면, 떠드는 자를 무력으로라도 제압해서 침묵하게 만들 수도 있다.

그러나 조 대협은 그마저도 하지 않고 있다.

자비롭기 때문일까?

아니다. 태무악이 아는 천존이나 그의 수하들은 결코 자비로운 자들이 아니다.

자비로운 자들이 천하의 수많은 부모형제들을 죽이고 그들의 어린 자식들을 납치하여 무간옥 같은 곳에서 무자비하게 살인병기를 만들 리가 없다.

'떠들고 있는 자가 혼자가 아닐지도 모른다.'

태무악은 그렇게 가정해 보았다.

전문 앞에서 강탁이 떠들고 있으며 누군가 혹은 여러 명이 암중에서 그를 지켜보고 있다면, 조 대협이나 그의 수하들 혹은 통천군림보의 고수들이 강탁을 제압하거나 죽이는 것이 쉽지 않은 일이다.

만약 무리하게 강탁을 제압, 죽일 경우에 그 광경을 암중의 인물이 똑똑히 목격할 테니까 말이다.

'그렇다면?'

태무악이 조 대협 입장이라면 이런 상황에서 어떻게 대처하겠는가?

암중에서 지켜보고 있는 자를 먼저 처리할 것이다. 아마도 쥐도 새도 모르게 죽이는 것이 가장 깨끗할 터이다.

또 한 가지. 강탁은 통천군림보 안으로 들어가려고 시도조차 하지 않고 있다.

그것은 자신이 안으로 들어갈 경우에 위험해진다는 사실을 예감하고 있기 때문이다.

달리 말하자면, 그는 천존의 실체에 대해서 무언가를 알고 있는 것이 분명했다.

거기까지 생각하던 태무악의 머리를 스치는 것이 있었다.

지금 이 상황은 그가 명정루에 잠입할 수 있는 기회를 만들어주고 있다는 사실이었다.

第三十九章

백호(白虎)

대무신
大武神

　통천군림보 옆쪽의 담을 넘은 태무악은 무인지경인 양 명
정루를 향해 접근해 갔다.

　밤이었지만 통천군림보 안에는 많은 사람들이 바쁘게 왕
래하고 있었다.

　그러나 그들은 태무악의 모습을 그림자조차 발견하지 못
했고 바로 곁으로 스쳐 지나가도 알아차리지 못했다.

　그는 명정루에 가기 전에 전각과 전각 사이의 어두컴컴한
곳으로 몸을 감추었다.

　그는 현재 흑의에 방갓을 쓰고 있는 모습이다. 명정루에 잠
입을 하여 누구에게도 발각되지 말아야겠지만, 만약 발각됐

을 경우를 대비해서 통천군림보 수하의 복장으로 변장을 하려는 것이었다.

그는 한동안 바깥쪽을 살폈다. 통천군림보 수하들이 많이 왕래하고 있었으며 그들은 전문을 지키는 무사들과 같거나 비슷한 복장이었다.

태무악은 그들이 졸개일 것으로 생각했다. 그래서 더 높은 지위의 수하를 원했다. 그러는 편이 조금이라도 유리할 것 같아서였다.

그때 태무악은 무사들하고는 복장이 다른 한 명이 지나가고 있는 것을 발견했다.

가슴 한복판 둥근 원 안에 '통천(通天)'이라고 적힌 것으로 봐서 통천군림보 수하는 분명한데, 홍포를 입었으며 사십오륙 세가량의 나이였고 중후한 용모였다.

한눈에 졸개가 아니라고 판단한 태무악은 미끄러지듯이 홍포인에게 쏘아갔다.

마침 그곳으로는 홍포인 혼자만 지나가고 있었다. 지위가 높은 자들이 그렇듯이, 그는 위풍당당하게 걷다가 갑자기 상체를 움찔 떨었다.

그러는가 싶더니 갑자기 쓰러지듯 상체가 전각 사이의 어두컴컴한 쪽으로 기우뚱 쓰러지는 듯하다가 쏜살같이 그 안으로 끌려 들어갔다.

그는 눈을 부릅뜨고 입을 반쯤 벌렸으며 얼굴에는 귀신에

홀린 듯한 표정이 가득 떠올라 있었다.

걷고 있는 중에 갑자기 양쪽 어깨와 턱 아래가 뜨끔하더니 온몸이 마비되고 말을 할 수 없게 된 것을 느낀 것과 동시에 어떤 힘에 의해서 끌려가면서도 어떻게 되고 있는 상황인지 전혀 모르기 때문이다.

이런 광경을 만약 다른 사람이 본다면 크게 놀랄 테지만, 아무도 본 사람이 없었다.

홍포인은 전각과 전각 사이 깊숙한 곳으로 끌려가 상체를 벽에 기댄 채 앉혀졌다.

그는 데룩데룩 눈알을 굴리면서 주변을 훑어보려고 애썼으나 눈에 띄는 것은 아무것도 없었다.

그는 혼자 그곳에 앉아 도대체 어떻게 된 상황인지 이해하려고 머리가 터지도록 골똘히 생각했다.

스스……

그때 홍포인의 두 눈이 찢어질 듯이 부릅떠졌다. 자신의 코앞에서 검은 물체 하나가 유령처럼 빠르게 모습을 나타내고 있는 것을 발견했기 때문이다.

사실 태무악이 무영투공을 전개하여 모습을 보이지 않게 한 상태에서 홍포인에게 접근, 제압하여 이곳까지 끌고 들어온 것이다.

그러므로 홍포인이 귀신에게 홀린 듯한 느낌에 사로잡힌 것은 지나친 일이 아니었다.

태무악은 방갓 아래로 무심한 눈빛을 번들거리면서 홍포인을 주시하며 지옥에서 흘러나오는 듯한 염마왕의 목소리로 중얼거렸다.

"너의 지위는 무엇이냐?"

홍포인은 아직도 제정신을 차리지 못하면서 태무악을 유령이라고 착각했다.

"으으… 나는… 복마당주(伏魔堂主)입니다……."

그는 자신이 어떤 상황에 처했는지도 모르는 상태에서 태무악에게 사혈이 찍혀서 숨이 끊어졌다.

태무악은 즉시 자신의 방갓과 옷을 벗고 홍포인의 옷으로 갈아입었다.

그런데 방갓을 벗은 그의 머리카락이 원래는 눈부신 은발이었는데 지금은 검은색으로 변해 있었다. 한련초를 우려낸 물로 염색을 했기 때문이다.

태무악은 속옷으로 아랫도리만 가린 복마당주를 잠시 동안 뚫어지게 주시하다가 공력을 일으켜 삼삼혈한공 중에 변체환용비술(變體幻容秘術)을 전개했다.

스스으으…….

그러자 그의 얼굴이 변화를 일으켰다. 갸름한 모습이 일그러지면서 둥글넓적하게 변하기 시작하더니, 오래지 않아서 본래 그의 얼굴은 온데간데없이 사라지고 전혀 새로운 얼굴이 나타났다.

그런데 그의 얼굴과 복마당주의 얼굴이 판에 박은 것처럼 똑같았다.

둥글고 넓적한 윤곽과 쭉 째진 눈, 두툼한 입술, 왼쪽 뺨의 살짝 얽은 곰보까지 완벽하게 닮은 모습이었다.

그가 방금 전개한 변체환용비술은 자신의 모습을 원하는 어떤 모습으로도 변하게 할 수가 있다. 얼굴뿐만 아니라 체격도 변화시킬 수 있다.

뚱뚱하게, 아니면 마르게, 심지어 키를 늘이기도 하고 줄일 수도 있다.

원래 무림에서 변장을 하려면 인피면구(人皮面具)나 역용술(易容術)을 사용하는 것이 일반적이다.

하지만 그런 방법은 발각될 위험이 높고 또 번거로우며 시간이 오래 걸린다.

그에 비해 변체환용비술은 완벽한 변장술이다.

더구나 조잡하기 짝이 없는 사술 따위가 아니라 수백 년 전에 실전된 전대(前代)의 특수한 구결과 심후한 내공의 힘으로 전개하는 것이다.

한 가지 결점이 있다면, 내공에 따라서 지속되는 시간이 차이가 난다는 것이다.

현재 태무악의 내공 수준으로는 약 한 시진 정도 변체환용비술을 지속할 수 있다.

그는 얼굴만 복마당주의 모습으로 바꾸고 체격은 그냥 자신의 것을 유지시켰다. 밤인데다 명정루에만 잠입할 것이기 때문이다.

자신의 방갓과 흑의를 전각 아래 좁은 틈새에 잘 감춘 그는 한 손으로 뻣뻣하게 죽어 있는 복마당주의 발목을 움켜잡고 공력을 일으켰다.

츠으으……

그러자 미약한 음향과 함께 복마당주의 몸이 뿌연 수증기를 뿜어내면서 빠르게 녹기 시작하더니 잠시 후에는 제법 큰 덩치의 그가 완전히 사라져 버리고 바닥에 한 움큼의 누런 액체만 남았다.

태무악이 음양극정화 중에서 극양지기를 일으켜 복마당주의 몸을 녹여 버린 것이었다.

태무악은 전각을 돌아 인공 호수로 가기 전에 무영투공을 전개하여 모습을 감쪽같이 사라지게 만들었다.

그가 무영투공을 전개하여 모습이 보이지 않는 상태를 지속할 수 있는 시간은 일각 정도다.

그러므로 일각 안에 명정루에 잠입하여 제대로 위치를 잡아야만 할 것이다.

인공 호수와 명정루 주변에는 한 사람도 보이지 않았다.

태무악은 무인지경으로 다리 위를 질주하여 명정루를 향해 쏘아갔다.

그런데 그가 다리의 중간 정도에 이르렀을 때 뒤에서 파공음이 들렸다.

돌아보니까 다리 끝에서 두 명의 고수가 명정루를 향해 나는 듯이 달려오고 있었다.

그런데 그들은 각각 어깨에 혼절한 듯한 사람을 한 명씩 메고 있었다.

그들 두 명은 황의 경장을 입었고 머리에는 새의 꼬리와 비슷한 모양의 모자를 썼다.

태무악은 계속 쏘아가서 굳게 닫혀 있는 명정루 입구 옆에 멈춘 후 그들이 도착하기를 기다렸다.

두 명의 황의경장인은 입구 옆에 태무악이 서 있는 줄은 꿈에도 모른 채 입구 근처로 달려왔다.

그때 그들 중 한 명의 어깨에 걸쳐져 있는 사람의 머리가 좌우로 흔들리면서 가려져 있던 왼쪽 가슴의 그림이 살짝 나타났다.

아주 짧은 순간에 봤지만 그것은 손바닥 크기의 도약하는 백호의 모습이 수놓아진 것이 분명했다.

'백호!'

태무악은 두 명의 황의경장인이 백호사자와 연관이 있을 것이라고 짐작했다.

그가 백호와 직접적인 연관이 있는 인물을 보는 것은 지금이 처음이다.

그들이 입구 앞에 도착하자 문이 저절로 열렸다.

그때 멀리에서 강탁이라는 청년의 외침이 들려왔다. 그는 계속 외치고 있었으나 태무악은 건성으로 듣고 있다가 불현듯이 귓전을 울린 것이다.

그래서 태무악은 혹시 황의경장인, 즉 황의백호인들이 어깨에 메고 있는 사람들이 강탁을 암중에서 지켜보고 있던 사람들이며 제압당한 것이 아닌가 하는 의혹이 생겼다. 충분히 가능성있는 추측이었다.

황의백호인들이 문안으로 들어갈 때 태무악은 그들의 그림자처럼 묻어서 함께 안으로 스며들었다.

안에서 문을 열어준 자는 남의 경장을 입은 두 명의 고수인데, 그들 역시도 왼쪽 가슴에 도약하는 백호 모습이 수놓아져 있었다.

명정루 안 일층은 전체가 넓은 팔각형의 대전이었으며 입구에서 문을 열어준 두 명 외에도 십오 명의 남의경장인, 즉 남의백호인들이 입구를 등진 채 한쪽 방향을 향해 질서있게 도열해 있었다.

입구 양쪽의 남의백호인 두 명이 깊숙이 허리를 굽혀 예를 취하고 있는 동안 들어선 두 명의 황의백호인은 곧장 계단으로 달려가 위로 올라갔다.

남의백호인이 예를 취하는 것으로 미루어 황의백호인이 높은 신분인 듯했다.

도열해 있는 십오 명의 남의백호인들은 두 명의 황의백호인에게 눈길조차 주지 않았다.

태무악은 추호의 파공음이나 기척도 내지 않으면서 계단을 쏘아 올라갔다.

이곳은 적의 심장부라고 할 수 있으나 그는 조금도 긴장하지 않았다.

그는 계단을 바람처럼 쏘아 오르면서 날카롭게 주변을 살폈다.

각 층은 계단을 중심으로 뻗은 여러 갈래의 복도 한쪽으로 내전과 방들이 이어져 있었고, 제법 많은 인물들이 왕래하거나 모여 있는 광경이 눈에 띄었다.

그들의 복장은 각양각색이었으나 옷에 백호가 그려진 인물은 없었다.

그때 태무악은 삼층에서 검은 방갓에 흑의, 견폐를 걸친 한 명이 어느 방에서 나오는 것을 발견했다.

틀림없이 무간옥의 아방나찰이었다. 또한 막 닫히고 있는 방문 틈새로 방 안에 여러 명의 아방나찰들이 앉아 있는 광경이 목격되었다.

명정루 각 층은 꽤 밝았으며 사람들이 너무 많이 왕래하고 있어서 만약 태무악이 무영투공을 푼 상태에서 행동하는 것은 꽤나 위험할 것 같았다.

명정루는 총 오 층인데 황의백호인들은 곧장 사층까지 올라가서야 멈추었다.

삼층에서 사층으로 오르며 주위를 살피던 태무악은 급히 허공으로 솟구쳐 올랐다.

앞서 오르고 있던 두 명의 황의백호인이 되돌아서 계단을 내려오고 있었기 때문이다.

태무악이 천장에 등을 붙인 자세에서 아래를 굽어보자 백의를 입은 백호인 한 명이 황의백호인으로부터 인계받은 혼절한 두 명을 옆구리에 끼고 복도를 걸어가고 있었다.

"기다려라."

그때 걸어가던 백의백호인이 난간으로 아래를 굽어보며 황의백호인을 불렀다.

두 명의 황의백호인은 층계참에서 멈추어 공손히 허리를 굽혔다.

"하명하십시오."

"너희들 백호봉령(白虎奉令)에게 나를 미행하던 거지에 대해서 조사하라고 했었는데, 어찌 되었는지 알아봐라."

"영주께 말씀드려 곧 보고하도록 조치하겠습니다."

말을 마친 백의백호인은 다시 복도를 걸어갔다.

태무악은 천장에 등을 붙인 채 미끄러지듯이 그를 따랐다.

그는 방금 대화로 황의백호인이 백호봉령이라는 신분인 것을 알게 되었다.

문득 그는 방금 들은 말 중에서 한마디가 귓전에 남아 있는 것을 깨달았다.

'거지?'

반사적으로 삼풍호개가 떠올랐다.

백의백호인은 '나를 미행하던 거지'라고 말했다.

아닐 수도 있지만, 태무악은 혹시 자신의 아래쪽에서 걷고 있는 백의백호인이 홍안루의 백호전령이 아닐까 하는 생각을 해보았다.

맞는다면 이것은 기막힌 우연의 일치라고 할 수 있다.

척!

백의백호인이 어느 방으로 들어갔다. 태무악은 여전히 등을 천장에 붙인 상태에서 방문이 닫히기 전에 재빨리 실내로 스며들어 갔다.

실내에는 아무도 없었다. 백의백호인은 옆구리에 끼고 있던 두 명을 내던지듯이 바닥에 내려놓고는 그들의 상체와 얼굴 아래 부분의 몇 군데 혈도를 능숙한 수법으로 쓰다듬듯이 눌렀다.

태무악이 무간옥에서 배웠던 점혈수법 중에 기초적인 것이었다. 백의백호인과 태무악은 같은 무공을 익힌 듯했다.

"으으……."

혼절해 있던 두 명은 깨어났으나 움직이지는 못하고 다만 말을 할 수 있었다.

백의백호인은 두 명에게 포권을 해 보이면서 정중한 어조로 입을 열었다.

"진도문 소문주께서 저러는 이유가 무엇이오?"

태무악의 짐작이 맞았다. 잡혀온 두 명은 강탁을 암중에서 지켜보던 자들이었다.

강탁이 떠들고 있는 소리가 아직도 들려오고 있었다.

벽에 기대어 앉혀져 있는 두 명은 눈동자를 굴려 백의백호인을 쳐다보았다.

자신들을 제압해서 잡아오고서도 정중하게 대하는 의도를 알아내려는 듯한 표정이었으나, 뜻을 이루지 못하고 그중 한 명이 제법 기개있는 표정으로 목에 핏대를 세우며 입을 열었다.

"닷새 전 밤에 본 문의 문주께서 살수의 습격을 받고 싸우던 중에 돌아가셨다. 우리는 살수가 두 명의 회명자라는 사실을 알고 있다!"

"어째서 살수가 회명자라고 확신하는 것이오?"

백의백호인은 정중함을 잃지 않고 물었다.

그의 머리 위 천장에 등을 붙이고 있는 태무악은 '회명자'라는 말을 방금까지 두 번째 들었다.

그리고 그는 회명자를 두 차례에 걸쳐서 직접 보기도 했었다.

그가 삼 년 전에 목숨을 구해준 적이 있는 혈포인이 세 명의 회명자에게 협공을 당하던 광경과 태무악이 황산에서 추격대에 바짝 쫓기고 있을 때 추격대의 선두에 회명자와 영밀 고수들이 달려오던 광경이었다.

삼 년 전에 그는 회명자들이 사용하는 무공이 자신과 똑같은 것을 목격했었다.

그래서 무간옥의 무간자와 무간낭자들이 장차 회명자가 되는 것이라는 추측을 했었다.

그런데 '회명자'라는 말을 지금 또 들었다.

"돌아가신 문주의 급소에 새겨져 있는 상혼은 분명히 회명자의 수법이었다! 무림에서 회명자들의 수법은 더 이상 비밀이 아니다!"

강탁은 자신을 진도문의 소문주라고 말했었다. 이들은 아마도 진도문의 고수들인 듯했다. 그들은 악에 받친 듯 번갈아가면서 외쳤다.

"본 문의 문주께서 대체 무슨 잘못을 했다고 죽인 것이냐?"

"본 문이 낙양의 패검방(覇劍幫)과 하남무림의 패권을 놓고 다투고 있기 때문에 본 문의 문주를 죽인 것이냐? 그렇다면 패검방은 뒤에서 천존이 돕고 있다는 뜻이냐?"

백의백호인은 천천히 팔짱을 풀고 뒷짐을 지면서 타이르듯 입을 열었다.

"내가 알기론 천존과 회명자는 아무런 관계가 없소. 그리고 이곳에는 천중신군 같은 사람은 없소. 우린 천존과 아무런 상관이 없는 사람들이오."

두 명의 진도문도는 가당치도 않다는 듯 냉소를 쳤다.

"흥! 천존이 천하무림의 절대자로 군림하고 있으면서 눈에 거슬리는 사람들을 회명부의 회명자들을 이용하여 모조리 죽이고 있다는 사실은 세 살 먹은 어린아이들도 알고 있는 사실이다!"

"어줍지 않은 수작 부리지 마라! 무슨 목적이 있는지는 모르지만, 현재 북경성을 중심으로 대천색령이 발동되었고, 이곳 통천군림보가 대천색령의 임시 총단이라는 사실을 알 만한 사람들은 다 알고 있다!"

그중 한 명이 눈알을 데룩거리면서 백의백호인의 왼쪽 가슴에 수놓아져 있는 백호를 노려보며 악을 썼다.

"그 표시는 무엇이냐? 그것은 백호사자의 수하 중에 백호전령을 나타내는 것이 아니냐?"

무림에는 천존에 대해서, 그리고 천존의 세력이나 수하들에 대해서 거의 알려져 있지 않은 상태다.

그러므로 방금 진도문 고수가 백의백호인, 아니, 백호전령의 신분을 한눈에 알아본 것은 뜻밖의 일이었다.

그것은 또한 다른 것들도 알고 있을 수 있음을 의미한다.

진도문 고수들은 거리낌없이 말을 이었다.

"그뿐인 줄 아느냐? 이곳 통천군림보에 있는 조 대협이 백호십위(白虎十衛) 중 백호육위(白虎六衛)라는 사실까지 알고

있다. 이 정도면 우리가 천존에 대해서 얼마나 많이 알고 있는지 짐작이 가느냐?'

태무악은 백호전령이 가볍게 움찔하는 것을 분명히 보았다.

그렇다면 과연 그자는 백호전령이 분명했다.

더구나 아까 '거지' 운운하는 것으로 미루어 태무악이 점찍었던 홍안루의 백호전령이 틀림없는 것 같았다.

여태껏 정중하던 백호전령이 비로소 본색을 드러냈다. 그는 잔인한 미소를 입가에 떠올리며 중얼거렸다.

"후후… 나는 네놈들이 그런 사실들을 어떻게 알게 되었는지 궁금하지 않다. 왜냐하면, 네놈들의 입으로 방금 진도문이 천추부림(千秋復林)의 일원이라는 사실을 실토했으니까 말이다."

두 명의 진도문 고수도 얼굴 표정이 가볍게 변했다. 그러나 그들은 굴하지 않았다.

"우리가 언제 본 문이 천추부림에 가입했다고 말했느냐?"

백호전령의 조소가 짙어졌다.

"천하에서 우리에 대해 알고 있는 놈들은 천추부림뿐이다. 네놈들이 천추부림에 가입하지 않았다면 어떻게 그렇게 잘 알고 있느냐?"

두 명의 진도문 고수는 말문이 막히는지 뭐라고 항변하지 못하고 가만히 있다가 그중 한 명이 백호전령을 노려보면서 이를 갈 듯이 씹어뱉었다.

"너는 지금 당장 백호육위더러 밖에 계시는 소문주를 만나 진지하게 대화를 하라고 전해야 할 것이다. 하하하! 너는 여기에 소문주와 우리 둘만 왔다고 생각하느냐? 그렇다면 너는 정말 멍청이다!"

피식!

백호전령의 입술 끝이 비틀어지며 메마른 실소가 새 나왔다. 하지만 아무 말도 하지 않았다.

그는 지금 같은 상황에서는 어떻게 해야 하는지 잘 알고 있는 듯했다.

두 명의 진도문 고수는 소문주 강탁과 함께 이곳에 왔을 때 이미 죽음을 각오했으므로 무서울 것이 없었다.

"내가 알고 있는 것들은 본 문의 이백칠십 명 형제들도 모두 알고 있다! 하하하! 그러니까 우리 둘과 소문주를 죽여서 입을 막는다고 해도 천존이 회명자를 시켜 본 문의 문주님을 살해한 사실을 감추지는 못할 것이다!"

백호전령의 미소가 조금 더 건조해졌다.

"좋은 것을 가르쳐 줘서 고맙다."

순간 뒷짐을 지고 있던 백호전령의 오른발이 번개같이 앞으로 쏘아갔다.

파곽!

그의 발끝이 두 명의 진도문 고수 목의 급소를 정확하게,

그리고 짧게 연달아 끊어서 찼다.

그들은 미약한 신음조차 지르지도 못한 채 상체를 벽에 기대고 앉은 자세로 숨이 끊어졌다.

또한 얼굴에는 방금 전에 득의하게 웃던 표정이 지워지지 않은 채 떠올라 있었다.

너무 창졸간에 죽음을 당하여 표정을 바꿀 여유조차 없었던 것이다.

백호전령은 죽은 두 명에게 시선조차 주지 않고 몸을 돌려 방문을 열고 나가며 나직한 소리로 누군가를 불렀다.

"팔령(八令)."

그가 방문 밖에 나서자마자 언제 나타났는지 또 다른 백호전령 한 명이 공손히 고개를 숙였다.

"오령(五令)님, 하명하십시오."

같은 백호전령끼리인데도 깍듯한 예를 취했다.

"현재 이곳에 우리 백호단(白虎團) 수하가 몇이나 되느냐?"

여전히 천장에 붙어 있는 태무악은 반쯤 열린 방문 사이로 두 명의 백호전령을 주시했다.

실내에서 두 명의 진도문 고수를 죽인 자가 백호오령이고, 새로 나타난 자가 백호팔령인 듯했다.

그때 태무악의 무영투공이 풀리면서 복마당주의 얼굴로 변한 모습이 빠르게 드러나기 시작하더니 금세 전체 모습이 나타났다.

그때 백호팔령이 숙였던 고개를 막 들고 있었다. 그가 고개를 다 들면 백호오령의 어깨 너머로 실내 천장에 붙어 있는 태무악을 발견하게 될 것이 분명하다.

위기일발의 순간에 태무악은 번개같이 옆으로 반 자가량 이동했다.

그가 움직임을 멈추었을 때 백호팔령의 얼굴은 백호오령의 머리에 가려져서 보이지 않았다.

"백호봉령 일곱 명과 백호추령(白虎追令) 십칠 명, 아방나찰 아홉 명, 영밀고수 십이 명, 화라선녀 십오 명, 그리고 속하와 오령님. 도합 육십이 명입니다."

백호오령은 꼿꼿한 자세로 물었다.

"위하(衛下)께선 아직 돌아오시지 않았느냐?"

"백호육위께선 혼일방 일대의 포위망을 지휘하시는 사자존위(使者尊位)를 호위하고 계십니다."

아까 진도문 고수의 말에 의하면 이곳 명정루의 최고 우두머리가 백호육위라고 했었다. 또한 그자가 지금 '사자존하'라는 인물을 모시고 있다고 한다.

그렇다면 '사자존하'가 바로 백호사자일 것이라고 태무악은 추측했다.

그가 이곳 명정루에 잠입한 이후에 듣게 된 말들을 종합해 보면 대충 이러했다.

명정루에 있는 자들 중 백호사자의 직계 수하로서 최하위가 남의인이고 '백호추령'이라고 하며, 그 위가 황의인이며 '백호봉령', 그 위가 백의인 '백호전령'이다.

그리고 명정루에 있는 자들을 지휘하던 인물이 '백호십위' 중 한 명인 '백호육위'고 수하들은 그를 '위하'라고 부르며 현재는 백호사자를 호위하고 있다.

또한 이곳에 아방나찰들과 영밀고수, 그리고 화라선녀라는 자들이 있다.

그런데 그들은 아마도 백호사자의 직계는 아니더라도 백호전령보다 하급인 듯했다.

백호오령은 잠시 생각하는 듯 더욱 꼿꼿한 자세를 취했다. 그러나 생각은 그리 길지 않았다.

"네가 백호추령 열 명과 아방나찰, 영밀고수, 화라선녀 각 다섯 명씩을 이끌고 하남성 개봉으로 가서 진도문을 쓸어버려라. 한 놈도 살려두지 마라."

"명을 받듭니다."

그의 명령에 백호팔령은 한차례 고개를 숙여 보이더니 곧 사라졌다.

백호육위가 없으면 백호오령이 이곳의 최상급자이며 결정권자인 듯했다.

태무악은 진도문이 어느 정도의 세력과 실력을 지니고 있는지 모른다.

그러나 하남무림이라는 곳의 패권을 패검방과 다툴 정

도라면 꽤 강할 것이라는 짐작이 든다.

하지만 백호팔령이 이끄는 백호추령과 아방나찰, 영밀고수, 화라선녀 등 이십육 명에 의해서 곧 괴멸할 것이라는 예감이 들었다.

태무악은 조금 전에 백호오령과 진도문 고수들 사이의 대화 중에 어떤 내용을 떠올렸다.

'천추부림.'

백호오령은 '천추부림'이라면 천존에 대한 것들을 알고 있어도 이상할 것이 없다는 투로 말했었다.

태무악으로서는 '천추부림'이라는 말을 처음 들었다. 하지만 그들이 천존의 적대 세력이라는 사실은 분명했다.

태무악은 백호오령이 계단 쪽으로 걸어가는 것을 보고 소리없이 바닥으로 내려섰다.

"오령님, 부르셨습니까?"

그가 막 방문 밖으로 고개를 내밀려고 할 때 복도에서 말소리가 들려왔다.

그는 즉시 반쯤 열린 문 뒤에 숨었다.

"음, 봉영주(奉令主). 내가 알아보라고 한 거지는 어떻게 되었느냐?"

"개방 제자였습니다. 잡아서 심문해 보니 개방 소방주인 삼풍호개라는 놈이 시켰다고 합니다."

"삼풍호개?"

복도에서는 잠시 침묵이 흐르더니, 잠시 후 예의 백호오령의 쇳소리 같은 목소리가 이어졌다.

"수하를 시켜서 삼풍호개를 이리 끌고 와라."

"명을 받듭니다."

"봉영주."

"하명하십시오."

"내가 강탁이라는 놈과 진도문 놈들을 처치하고 올 동안 이곳을 맡아라."

"명을 받듭니다."

　이후 복도에서는 아무 소리도 들려오지 않았다.

　태무악은 반쯤 열린 방문 뒤에서 잠시 생각을 정리했다.

　그러나 생각은 길지 않았다. 그는 한 가지 결정을 내리고 즉시 무영투공을 전개하여 모습을 보이지 않게 만들고는 복도로 나갔다.

　무영투공은 내공이 많이 소모되기 때문에 일각 이상 전개할 수 없지만, 이후 일각이 지나 내공이 보충되면 다시 전개할 수 있다.

　태무악은 계단 옆으로 쏘아가서 창을 약간 열고 아래를 내려다보았다.

　백호오령이 두 명의 백호추령을 데리고 명정루를 나와 다리 위를 바람처럼 내달리고 있는 광경이 보였다.

　태무악은 창을 닫고 우뚝 서서 공력을 끌어올려 청력을 극

대화시켰다.

그러나 오층에서는 아무런 기척도 감지하지 못했다. 오층에는 아무도 없는 것이 분명했다.

이어서 그는 계단에서 가장 가까운 방부터 차례로 살피기 시작했다.

태무악의 계획은 간단하면서도 명쾌했다.

그는 명정루에 있는 자들을 한 명도 남김없이 깡그리 죽이기로 결정했다.

외부에 있는 백호사자를 통천군림보나 북경성으로 끌어들이기 위해서다.

천존의 수하들을 일일이 쫓아다니는 것보다는 한군데로 끌어들여서 상대하겠다는 것이다.

태무악은 이미 북경성에 집을 마련해 두었으니 은신처는 확보된 셈이다.

또한 천존의 수하들이 북경성으로 대거 몰려들어서 발칵 뒤집어놓아도 절대 들키지 않을 자신이 있었다.

말하자면 북경성에 모인 천존의 수하들, 즉 천중신군은 밝은 곳에 드러나게 될 것이다.

반면에 태무악은 어둠 속에 숨어 그들을 낱낱이 관찰하면서 하나씩 파괴, 주살할 것이다.

어느 방문을 열고 안을 살펴본 태무악은 주저없이 안으로 들어가 방문을 닫고 함롱을 뒤졌다.

함롱 안에는 여러 종류의 옷들이 잘 개어 있었으며 그중에
는 백호전령의 옷도 있었다.

그는 무영투공과 변체환용비술을 동시에 풀고 백호전령의
옷 한 벌을 꺼내어 갈아입었다.

이어서 다시 변체환용비술을 전개하여 모습을 바꾸었다.

스으으……

그의 모습이 점차 변하더니 이윽고 완벽한 백호오령의 모
습으로 변신을 했다.

얼굴뿐만 아니라 체격까지도 영락없는 백호오령이었다.
심지어 긴 머리카락마저도 짧아졌다.

척!

그는 방에서 나와 약간 뻣뻣하게 걷는 백호오령의 걸음걸
이를 흉내 내서 계단을 내려가 사층으로 향했다.

그가 사층 복도로 막 접어들었을 때 첫 번째 방문이 열리며
한 명의 황의인이 나왔다.

왼쪽 가슴에 백호가 수놓아진 것으로 미루어 백호봉령인
듯했다.

"무슨 일로 다시 돌아오셨습니까?"

백호봉령이 태무악 앞으로 다가와 공손히 고개를 숙이면
서 물었다.

태무악은 목소리를 듣고 그가 조금 전에 백호오령과 대화
를 한 백호봉령의 우두머리, 즉 백호봉령주라는 사실을 알아

차렸다.

태무악은 고개를 끄덕였다.

"음, 삼풍호개를 데려오라고 지시했느냐?"

그의 비틀려서 낸 목소리는 백호오령과 분간하기 어려울 만큼 비슷했다.

"추령 둘을 보냈습니다."

백호봉령주가 이미 손을 썼기 때문에 삼풍호개를 데려오지 못하게 하는 것은 틀렸다.

삼풍호개가 고수이긴 하지만 백호추령 둘을 당해내지는 못할 것이라는 생각이 들었다.

태무악은 삼풍호개를 염려하는 것이 아니다. 그가 어떻게 되든 상관없다.

다만 이들이 그를 심문하게 되면 태무악 자신이 드러나게 될까 봐 우려하는 것이다.

"들어와라."

태무악은 방금 백호봉령주가 나온 방으로 들어가면서 나직이 명령했다.

"문을 닫아라."

태무악이 열려 있는 방문을 턱으로 가리키자 백호봉령주는 몸을 돌려 방문을 닫았다.

척!

그는 방문을 닫고 돌아서다가 자신의 코앞에 태무악이 우뚝 서 있는 것을 발견하고 움찔 가볍게 놀랐다.

슈욱!

순간 태무악의 오른손이 육안으로는 보이지 않을 만큼 쾌속하게 백호봉령주의 얼굴을 향해 쏘아왔다.

두 사람의 거리는 불과 반 장 남짓.

그렇지만 백호봉령주는 여느 평범한 일류고수보다 두 단계 위의 초일류고수다.

그는 졸지에 급습을 당하여 크게 놀란 상태에서도 재빨리 보법을 전개하여 자신의 얼굴을 향해 쇄도하는 태무악의 주먹을 피하는 것과 동시에 오른발을 뻗었다.

파아!

그대로 둔다면 오히려 백호봉령주의 오른발 발끝이 태무악의 옆구리에 파고들 것이다.

슈우—

그런데 백호봉령주는 피한 줄 알았던 태무악의 주먹이 여전히 자신의 얼굴을 향해 방금 전보다 더 가까운 거리에서 쏘아오는 것을 발견하고 움찔 놀랐다.

주먹을 피한 것이 아니라 피한 것처럼 느꼈을 뿐이다. 즉, 착각을 한 것이다.

그 순간 그의 뇌리를 스치는 한 가지 초상승의 살인수법이 있었다.

'마종신권(魔從神拳)!'

알고는 있으나 배운 적은 없는, 또한 배우기에는 너무도 난해한 무공.

일단 전개되면 반드시 죽음을 부른다는 악마의 권법이 바로 마종신권이다.

또한 피 맺힌 삼삼살인공 중에 하나이기도 하다.

뻑!

다음 순간 태무악의 커다란 주먹이 힘껏 휘두르는 쇠망치보다 백배 이상 강력하게 백호봉령주의 얼굴 한복판에 쑤셔 박혔다.

그런데 실로 희한한 것은, 태무악의 주먹이 백호봉령주의 얼굴에 깊숙이 꽂혔는데도 불구하고 그는 뒤로 한 걸음도 물러나지 않았다.

슥.

태무악이 주먹을 거두자 백호봉령주의 푹 파였던 얼굴은 원래의 모습을 되찾았다.

하지만 그는 이미 숨이 끊어진 상태다. 눈을 부릅뜨고 놀라는 표정을 짓고 있는 얼굴 한복판에 검붉은 주먹 자국 권흔(拳痕)이 뚜렷이 새겨져 있었다.

태무악은 백호봉령주의 팔을 잡고 극양지기를 일으켜서 그의 몸을 녹여 한 움큼의 혈수로 만들고는 아무 일도 없었던 것처럼 방에서 나왔다.

아까 백호팔령은 명정루에 백호봉령 일곱 명과 백호추령

십칠 명, 아방나찰 아홉 명, 영밀고수 십이 명, 화라선녀가 십오 명이 있다고 백호오령에게 보고했었다.

백호오령과 팔령까지 합하면 모두 육십이 명이었다.

그런데 백호팔령이 백호추령 열 명과 아방나찰, 영밀고수, 화라선녀를 각 다섯 명씩 도합 이십오 명을 이끌고 진도문을 전멸시키러 떠났다.

그 후에 백호오령이 강탁 등을 죽이러 백호추령 두 명을 데리고 나갔으며, 또한 백호추령 두 명이 삼풍호개를 잡으러 나갔고, 방금 백호봉령주가 죽었으니 현재 남은 인원은 삼십 명이다.

하지만 태무악은 그들 삼십 명이 명정루 내의 어디에 분산되어 있는지 모르고 있는 상태다.

방금 전에 그가 방 안에서 백호봉령주를 죽이는 동안 누군가 오층에 올라가지 않았다면, 오층에는 한 명도 없다는 사실은 알고 있다.

그렇다면 사층부터 시작하여 한 층씩 차근차근 내려가면 될 것이다.

第四十章

몰살(沒殺)

大武神 대무신

　태무악은 잠시 어떻게 하면 좋을 것인지 궁리해 봤으나 별달리 뾰족한 방법이 생각나지 않았다.

　그는 조금 전에 백호봉령주가 나왔던 계단에서 가장 가까운 첫 번째 방문 앞에 서서 방문 안쪽의 기척을 살폈다.

　세 명의 기척이 감지됐다.

　그런데 호흡과 맥박이 느리고 고요했다. 운공조식을 하고 있는 것이 분명했다.

　슥.

　그는 길게 생각하지 않고 즉시 조심스럽게 방문을 열고 눈으로만 재빨리 실내를 살폈다.

과연 실내에는 백호봉령 세 명이 방 한복판 바닥에 삼각형
을 이루어 서로 등진 자세로 앉아서 운공조식에 몰두해 있는
모습이 보였다.

태무악은 추호의 기척도 없이 미끄러져서 그들 세 명에게
가까이 다가갔다.

별일이 없는 한 운공조식을 하는 자들을 죽이는 것은 너무
도 간단하다.

운공조식에 몰두해 있으면 근처에 벼락이 떨어지는 것을
알아도 중도에 멈출 수가 없다.

억지로 멈추려고 하면 주화입마에 들어 칠공에서 피를 흘
리면서 죽거나 폐인이 되고 만다.

그렇지만 이들 세 명은 태무악이 들어와 자신들의 옆에 서
있는 것조차 모르고 있을 것이다.

파파팍!

태무악은 추호도 망설임없이 백호봉령 세 명의 정수리 백
회혈을 찍어 즉사시켰다.

이어서 그들에게 눈길조차 주지 않고 방을 나왔다.

굳이 시체를 녹일 필요가 없다. 누가 보더라도 운공조식을
하고 있는 줄 알 것이다.

이제 이십칠 명이 남았고, 백호봉령은 네 명이 남았다.

두 번째와 세 번째 방은 비어 있었다.

태무악이 세 번째 방을 나와 네 번째 방으로 걸어가고 있을

때 다섯 번째 방에서 백호봉령 한 명이 나와 마주 걸어오다가 그를 발견하고 공손히 고개를 숙였다.

그자가 고개를 들었을 때 태무악은 어느새 그자의 코앞까지 쇄도해서 손을 뻗고 있었다.

슈우—

고개를 든 백호봉령이 놀라는 표정을 지을 새도 없이 칼처럼 세운 손이 그의 목 옆쪽을 짧고 강하게 가격했다.

탁!

태무악의 손칼이 목에 절반쯤 깊숙이 박혔다가 튀어나오는 순간 그자는 눈을 부릅뜨며 숨이 끊어졌다.

태무악은 기우뚱 쓰러지는 백호봉령을 부축해서 방금 그가 나온 방으로 끌고 갔다.

그때 복도가 끝나는 곳의 모퉁이를 두 명의 백호봉령이 나란히 돌아서 나오고 있는 것이 보였다.

그들은 백호봉령을 부축하여 방으로 들어가려는 태무악을 발견하고 가볍게 표정이 변하며 빠르게 달려왔다.

"무슨 일입니까?"

그중 한 명이 태무악에게서 백호봉령을 건네받으며 물었다.

그러나 대답은 태무악의 양손이 대신했다.

슈욱!

그의 두 주먹이 빛처럼 빠르게 두 명의 백호봉령 얼굴을 향해 뿜어졌다.

쩌쩍!

두 명의 백호봉령은 손을 써볼 새도 없이 얼굴 복판에 주먹 자국이 새겨지며 이승을 떠났다.

태무악은 그들 세 명을 한꺼번에 방 안으로 밀어 넣은 후에 방문을 닫았다.

이어서 사층에 있는 나머지 방들을 다 뒤졌으나 한 명 남은 백호봉령을 찾아내지 못하고 삼층으로 내려갔다.

원래 백호추령은 모두 십칠 명이었으나 현재는 세 명밖에 없을 것이다.

백호추령은 백호봉령보다 한 단계 아래 지위니까 실력도 떨어질 것이므로 해치우기가 더 손쉬울 터이다.

그런데 삼층에는 아무도 눈에 띄지 않았다.

태무악은 곧장 세 번째 방으로 다가가 방문 앞에 서서 안의 기척을 살폈다.

방 안에서 세 명의 기척이 감지됐고 모두 여자였다.

태무악은 아까 이 방에 여러 명의 아방나찰들이 있는 것을 목격했었다.

그는 삼층에서는 아방나찰부터 해치우기로 작정했다.

아방나찰은 모두 아홉 명이었고 백호팔령이 그중 다섯 명을 진도문으로 데리고 갔으므로 네 명이 남아야 하는데 지금은 세 명뿐이다.

나머지 한 명이 어디에 있는지 모르지만 무작정 기다리고 있을 수는 없다.

그는 흑자검을 꺼내 오른팔 소매 속에 감추고 나서 방문을 열고 안으로 들어갔다.

등 뒤로 손을 뻗어 살며시 방문을 닫으면서 빠르게 실내를 훑어보았다.

예상했던 대로 역시 세 명의 아방나찰이 있었다.

한 명은 열어놓은 창 앞에 등을 보이고 서서 바깥을 내다보고, 또 한 명은 벽을 등지고 바닥에 앉아 운공조식을, 마지막 한 명은 실내를 서성거리고 있었으며 모두 방갓을 벗은 모습이다.

운공조식을 하고 있는 아방나찰을 제외한 두 명의 아방나찰은 들어선 태무악을 쳐다보더니 가볍게 표정이 변하면서 즉시 가까이 다가와 고개를 숙였다.

그녀들은 삼 년 전에 오방찰과 육방찰이었다. 그러나 그 당시에 삼방찰이 태무악에게 죽었기 때문에 한 단계씩 상승하여 지금은 사방찰과 오방찰이 되었을 것이다.

아방나찰이 백호오령을 경계할 리 없다. 더구나 한 걸음 앞에서 고개까지 숙이고 있는 그녀들을 태무악이 죽이지 못한다는 것은 말이 되지 않는다.

츄유!

태무악의 오른손이 왼쪽에서 오른쪽 수평으로 순식간에

그어졌다.

소매 속의 흑자검이 튀어나와 오른손에 잡혔고, 막 고개를 들고 있는 두 아방나찰의 목을 여지없이 잘랐다.

그녀들은 고개를 뻣뻣이 들고 의아한 표정으로 태무악과 자신들의 왼쪽 얼굴 높이에 정지해 있는 흑자검을 번갈아 쳐다보았다.

이미 목이 잘라졌는데도 자신들에게 무슨 일이 벌어졌는지 미처 깨닫지 못하는 듯한 표정이 그녀들의 얼굴에 떠올라 있었다.

그것은 흑자검이 그녀들의 목을 잘랐음에도 불구하고 추호도 고통을 느끼지 못했다는 뜻이다.

삐끗.

두 아방나찰의 목에는 희미한 혈선(血線)이 그어져 있었고, 혈선 윗부분의 절단면(切斷面)이 아래 절단면 위를 미끄럼을 타듯이 느릿하게 미끄러졌다.

순간 두 아방나찰의 눈동자가 분주하게 움직였다. 뭔가 이상함을 느낀 것이다.

투퉁.

뒤를 이어 두 개의 머리통이 바닥에 떨어져서 구르다가 멈추고 나서도 그녀들의 눈동자는 이리저리 움직였으나 잠시 후에 정지했다.

태무악은 머리를 잃은 두 구의 시체를 바닥에 눕히고는 운공조식을 하고 있는 이방찰에게 걸어갔다.

그는 이방찰 앞에 우뚝 멈춰 서서 그녀를 굽어보았다.

그녀는 삼 년 전에도 이방찰이었고 지금도 이방찰이다.

아방나찰 열 명의 무위는 제각기 차이가 많다. 삼 년 전에 이방찰은 십방찰 세 명을 합친 정도의 실력이었다.

하지만 지금 태무악과 일대일로 싸우면 삼 초식을 이상 버티지 못할 것이다.

하물며 지금은 이방찰이 운공조식을 하고 있는 중이니 손가락 하나면 죽일 수 있다.

"후우……."

그때 운공조식을 끝낸 이방찰이 긴 한숨을 토해내면서 눈을 뜨다가 자신의 앞에 누군가 서 있는 것을 보고는 가볍게 움찔했다.

그녀의 눈이 빠르게 위로 향하다가 백호오령의 얼굴에서 멈추며 적잖이 놀라는 표정을 지었다.

태무악의 뒤쪽 바닥에는 사방찰과 오방찰이 목이 잘라진 채 죽어 있지만 그가 가리고 있어서 이방찰은 아직 발견하지 못했다.

"무슨……."

퍽!

"허윽!"

쿵!

이방찰은 벌떡 일어나면서 말하다가 태무악이 번개같이 내지른 발끝에 명치를 가격당하고는 앉은 채 뒤로 튕겨져 바로 뒤에 있는 벽에 뒷머리를 호되게 부딪쳤다.

그녀는 극심한 충격을 받은 듯 온몸을 늘어뜨리고 일그러진 얼굴로 태무악을 올려다보았다.

"왜……."

태무악은 방금 전에 이방찰을 일격에 죽일 수 있었으나 그러지 않았다.

죽이려는 순간 그녀가 무간자와 무간낭자들에게 얼마나 잔혹한 존재였는지 문득 떠올랐기 때문이다.

예전에 이방찰은 모든 무간자와 무간낭자들에게 공포의 대상이었다.

다른 아방나찰들은 그냥 넘어갈 만한 일도 그녀에게 걸리면 여지없이 가혹한 처벌을 받아야만 했었다.

다른 이유는 없었다. 그녀의 천성이 잔인, 냉혹하다는 것. 그리고 무간자와 무간낭자들을 괴롭히는 일을 마음껏 즐겼다는 것이 이유였다.

태무악은 방금 일격에 삼성의 내공을 실었기 때문에 이방찰은 가슴속이 완전히 박살났으며 전신혈맥이 도막도막 끊어져서 이 상태로 내버려 둬도 한 시진쯤 후에는 죽어야 하는 신세였다.

백호오령의 얼굴을 하고 있는 태무악의 입 끝이 느릿하게

비틀어지면서 잔인한 미소가 피어나고, 두 눈에서 득의한 빛
이 번들거렸다.

그는 이방찰을 이대로 죽이고 싶지 않았다. 그녀를 보는 순
간 꾹꾹 눌러두었던 복수심이 아주 조금 뚜껑을 비집고 나왔
기 때문이다.

스으으……

백 마디 말보다는 태무악의 진면목을 한 번 직접 보여주는
편이 효과적일 것이다. 그래서 그는 변체환용비술을 풀고 빠
르게 진면목을 회복했다.

"너는 무간백구호……"

우뚝 서 있는 무간백구호의 얼굴을 확인한 이방찰의 두 눈
이 찢어질 듯이 부릅떠지고 너무 놀라서 제대로 말을 잇지도
못했다.

대천색령이 발동되어 수많은 고수들이 혈안이 되어 찾고
있는 표적이 대천색령의 심장부라고 할 수 있는 명정루에 버
젓이 나타나 이방찰 자신을 죽이려 하고 있으니, 놀라지 않는
다면 이상한 일이었다.

태무악은 아무 말도 하지 않고 더욱 잔인하고 득의한 미소
를 흘려냈다.

이방찰은 고통도 잊은 채 짧은 순간 얼굴이 복잡하게 여러
차례 변하더니 뜻밖에도 쓴웃음을 지어 보였다.

"후후… 너처럼 배은망덕한 놈을 친아들처럼 생각하고 있

는 하연(霞蓮) 언니가 불쌍하구나."

뜬금없는 말이었다.

태무악은 가볍게 눈살을 찌푸렸다.

"하연이 누구냐?"

이방찰은 곧 죽게 될 처지이면서도 오히려 태무악을 이죽거렸다. 그리고 그것을 즐기는 듯했다.

"호홋! 네놈 스스로 알아봐라."

그러더니 입을 다물고는 아예 눈까지 감아버렸다. 죽이려면 죽이라는 투였다.

태무악의 눈초리가 치켜 올라갔다. 자신의 진면목을 이방찰에게 보여줘서 정신적인 충격을 준 것으로는 부족하다는 생각이 들었다.

문득 그의 뇌리를 스치는 생각이 있었다. 이방찰을 잔인하게 죽이는 한 가지 방법이 떠올랐다.

슥—

그는 이방찰 앞에 한쪽 무릎을 꿇고 앉아 오른손을 뻗어 그녀의 완맥(腕脈)을 잡았다.

이어서 삼삼혈한공 중에 발력채령술(拔力採靈術)을 전개하여 오른손에 주입시켰다.

츠으으……

그러자 기이한 음향이 흐르면서 한줄기 내력이 이방찰의 완맥을 통해 체내로 쏟아져 들어갔다.

"흐읍!"

다음 순간 이방찰이 눈을 번쩍 뜨며 혀가 목구멍 안으로 말려 들어가는 듯한 소리를 냈다.

"너 이놈……."

파팍!

그녀가 눈을 부릅뜨며 악에 받쳐 외치려고 할 때 태무악의 왼손이 재빨리 그녀의 아혈을 제압해 버렸다.

스으으…….

그때 태무악에게 잡힌 이방찰의 왼팔이 부들부들 떨리기 시작하더니 떨림은 곧 몸 전체로 번졌다.

투두둑.

더 이상 커질 수 없을 만큼 부릅떠진 이방찰의 두 눈이 찢어지면서 피가 흘렀다.

뒤이어 코와 입, 귀에서도 꾸역꾸역 피가 흘러나왔다.

그녀의 눈이 피범벅이 되어 동공이 보이지 않았다.

뚜둑뚝.

너무 힘껏 악다문 입속에서는 이빨 부러지는 소리가 흘러나왔다.

스스스…….

그러더니 어느 한순간 이방찰의 몸이 마치 공에서 바람이 빠지는 것처럼 쪼그라들면서 눈 깜빡할 사이에 껍데기만 남아버렸다.

태무악이 손을 거두자 이방찰, 아니, 흡사 누가 겉옷을 아무렇게나 벗어놓은 것 같은 흐물흐물한 살가죽이 그녀가 입고 있던 옷에서 흘러나와 바닥으로 축 늘어졌다.

이방찰은 사라지고 그 자리에 껍데기만 남은 것이다.

태무악이 전개한 발력채령술은 상대의 체내에서 내공과 진기, 심지어 인간의 마지막 기운인 잠력(潛力)까지 한 움큼도 남기지 않고 빨아들이는 가공할 수법이었다.

뼈와 근육, 내장, 골수(骨髓) 속에 들어 있는 기운이라는 기운을 깡그리 빨아냈으니 체내의 모든 기관이 녹아서 증발해 버리고 껍데기, 즉 피부만 남아버린 것이다.

그 과정에서 이방찰이 맛본 고통은 필설로는 설명할 수 없을 정도로 지독했다.

무간옥 최고의 고통인 나락형계보다 몇 배나 더한 것이 발력채령술이다.

다만 나락형계는 상대를 죽일 수도 죽이지 않을 수도 있으나, 발력채령술을 전개하면 상대는 반드시 죽는다.

태무악은 이방찰을 더욱 잔인한 방법으로 죽이려다가 본의 아니게 그녀의 내공과 진기, 잠력을 흡수하고 말았다.

문득 그는 이방찰의 내공이 자신의 체내에서 제멋대로 돌아다니고 있는 것을 느꼈다.

그대로 내버려 두면 이질적인 내공이 여기저기 충돌을 일으켜 낭패를 당하게 될 것이다.

그는 일단 이방찰의 내공을 체내의 한쪽에 몰아넣은 후에 세 구의 시체를 극양지기로 녹여 버려 흔적을 없앴다.

이어서 변체환용비술을 전개하여 다시 백호오령의 모습으로 변신하고 나서 대범하게도 실내 한복판에 가부좌를 틀고 앉아 운공조식을 시작했다.

평상시의 운공조식이라면 대략 일각 정도 걸리지만 지금은 시간이 촉박한 때라서 속성으로 하여 사분의 일각 만에 끝내 버렸다.

그러나 태무악은 일어나지 않고 그대로 앉은 채 가볍게 눈살을 찌푸리고 있었다.

그는 이방찰의 내공을 다스려 자신의 내공에 보탠 결과, 약 이십 년가량의 내공이 증진된 것을 깨달았다.

이방찰의 내공은 팔십 년 정도 수준이다. 하지만 태무악이 그것을 모조리 흡수했다고 해도 고스란히 자신의 것이 되지는 않는다.

이방찰의 팔십 년 내공은 그녀의 체내에 있을 때에만 온전하게 팔십 년 내공 수준을 발휘한다.

그녀가 오랜 세월 동안 심법을 연마하여 차곡차곡 쌓은 팔십 년 내공은 그녀의 신체에 딱 맞도록 진화하고 적응을 했기 때문이다.

그러므로 내공이 다른 사람에게 흡수되면, 그 신체에 제대로 적응하지 못하고 대부분 소멸되며 소량의 정제된 내공만이 남게 된다.

그것을 정령내공(精靈內功)이라고 하며 생명과 직결되기 때문에 그것을 잃으면 죽고 만다.

타인의 내공을 흡수하는 수법은 매우 다양하며 또한 난해해서 터득하기가 어렵다.

더구나 그런 수법들은 대부분 채음(採陰)이나 채양(採陽)을 통한 방식이다.

그래서 상대의 음기나 양기를 흡수하여 그것에서 소량의 내공을 걸러내어 자신의 것으로 만든다.

그렇기 때문에 십 년의 내공을 얻으려면 적게는 수십 명, 많게는 수백 명을 채음, 채양해야만 한다. 음양지기를 잃은 사람이 목숨을 잃는 것은 당연하다.

물론 그런 수법으로는 절대로 정령내공을 흡수하지 못한다.

그러나 발력채령술은 상대의 내공은 물론이고 음양지기와 잠력, 온몸의 기운을 모조리 긁어낸다. 그 과정에서 당연히 정령내공도 흡수한다.

졸지에 태무악으로서는 뜻하지 않은 결과를 얻었다. 발력채령술이 상대의 내공을 빨아들여 내 것으로 만드는 수법이라는 사실을 모르고 있었던 것은 아니다.

하지만 그는 단지 내공과 진기, 잠력을 빨아내는 과정의 고통이 나락형계보다 훨씬 지독하기 때문에 발력채령술을 이방찰에게 사용했던 것이다.

그런데 전혀 기대하지 않았던 이십 년의 내공을 얻게 된 것이다.

사실 현재의 그가 이십 년의 내공이 증진된 것은 천군만마를 얻은 것만큼이나 값진 것이다.

천존과 그의 세력이 거대한 바위, 아니, 태산이라면 태무악은 한 알의 모래알 같은 존재다. 그는 그 사실을 근래 들어서 피부로 느끼고 있는 중이다.

그러면서도 복수를 포기하지 않았다. 그로서는 복수만이 유일한 지상과제이기 때문이다. 복수를 하지 않는 그의 존재는 생각할 수도 없는 것이다.

"괜찮군."

문득 그는 나직이 중얼거리면서 천천히 일어섰다.

그러면서 이제부터는 상대를 헛되이 죽일 것이 아니라 기회가 되면 발력채령술을 전개하여 상대의 내공을 자신의 것으로 만들어야겠다고 생각했다.

무림에서는 채음이나 채양, 등 타인의 내공을 흡수하는 행위를 가장 야비하고 추악한 수법이라고 손가락질한다.

그러나 태무악은 그런 사실을 전혀 모른다. 아니, 안다고 해도 개의치 않는다.

그보다 더 추악한 수법이라고 해도 복수만 할 수 있다면 서슴지 않을 것이다.

그는 마지막 한 올의 숨이 끊어지는 순간까지도 복수를 할 것이기 때문이다.

척!

그때 방문이 열렸다.

태무악은 방문 쪽을 쳐다보다가 무심결에 두 눈에서 흐릿한 살기를 흘려냈다.

들어선 사람은 보이지 않던 아방나찰이었다. 방갓을 깊숙이 눌러쓴 모습이지만 태무악은 그녀가 누군지 한눈에 알아볼 수 있었다.

죽어서 한 움큼의 재가 된다고 해도 결코 잊을 수 없는 인물. 지금은 삼방찰이 된 삼 년 전의 사방찰이다.

그 당시에 태무악은 무간옥을 탈출한 지 나흘째에 재수없게도 사방찰에게 걸렸었다.

그녀는 태무악을 반죽음 상태로 만들었으며 자신은 심한 내상을 입고 애꾸가 됐었다.

그렇기 때문에 태무악과 삼방찰은 서로에게 원한이 골수에 맺혀 있다.

삼방찰은 방 한가운데 우뚝 서서 자신을 쳐다보고 있는 백호오령을 발견하고 가벼이 놀란 표정을 지었다.

백호오령 정도의 거물이 아방나찰이 머물고 있는 방을 찾아왔기 때문이다.

그러나 삼방찰은 여간내기가 아니다. 그녀는 방금 백호오령의 눈에서 번뜩이는 살기를 발견했다.

그가 살기를 발할 이유가 없기 때문에 '착각인가?' 라고 잠시 생각했었으나, 그녀는 자신의 눈을 믿기로 했다. 그리고 직감에 따라 행동하기로 했다.

그녀의 시선이 빠르게 실내를 훑었다. 그런데 이곳에 있어야 할 세 명의 아방나찰들이 보이지 않았다.

그녀의 의심이 조금 더 짙어졌다. 어떻게 된 일인지는 모르지만, 동료들이 없어진 사실이 백호오령과 연관이 있을 것이라는 예감이 피어올랐다.

그녀는 바짝 경계하며 공력을 끌어올려 전신을 팽팽하게 긴장시켰다.

또한 그녀는 백호오령을 대하고서도 예를 표하지 않은 채 다섯 걸음 정도의 거리를 두고 빳빳한 자세로 그를 마주 주시하고 있었다.

예를 표하려고 고개를 숙이는 순간 무슨 일을 당할지도 모른다는 생각이 든 것이다.

만약 그녀의 의심이 별것이 아니라면 그녀는 백호오령에게 죄를 짓는 것이고 나중에 문책을 당하겠지만, 지금 이 순간은 그것보다는 자신의 본능을 믿었다.

그런데 태무악은 어째서 예를 갖추지 않느냐고 삼방찰을 꾸짖지 않았다.

굳이 그게 아니더라도 그녀를 놀라게 할 방법이 많고, 결국에는 그녀를 죽일 수 있다고 확신하기 때문이다.

태무악은 이방찰보다 삼방찰을 더 증오한다. 그러므로 더 비참한 죽음을 선사할 것이다.

잠시 무거운 침묵이 흘렀다.

태무악은 삼방찰이 자신을 의심하고 있다는 사실을 짐작했지만 개의치 않았다.

이윽고 그는 천천히 삼방찰에게 다가갔다.

삼방찰은 가볍게 움찔 몸을 흔들었으나 움직이지 않고 그대로 서 있었다.

백호오령을 조금 이상하게 여길 뿐 분명하게 적이라고 의심을 할 수 없는 상황이기 때문에 어떤 행동도 취하지 못하는 것이다.

그러므로 삼방찰은 백호오령이 아무리 의심스러워도 먼저 공격하지는 못한다. 그가 적대적인 행동을 취한 후에야 반응을 할 수가 있다.

그녀의 하나뿐인 오른쪽 눈이 방갓 속에서 깜빡이지도 않고 태무악 얼굴에 고정되었다.

태무악은 삼방찰을 향해 걸어가다가 세 걸음 거리가 되자 오른손을 내밀었다.

빠르지도 느리지도 않은 움직임이었다. 그렇기 때문에 삼방찰은 그것이 공격인지 아닌지 판단을 내릴 수가 없었다.

그러나 다음 순간 그녀는 백호오령의 무슨 속셈인지를 알아차렸다.

그의 손이 곧장 자신의 젖가슴을 향해 뻗어오고 있는 것을 확인한 것이다.

남자가 여자의 젖가슴을 만지려는 것은 한 가지 경우에만 가능하다. 몸, 즉 육체를 원하는 것이다.

삼방찰의 눈빛이 가볍게 혼들렸다. 이것은 공격이 아니라 희롱이다.

하지만 이럴 때에는 어떻게 대처해야 하는지 순간적으로 판단이 서질 않았다.

십칠 세 어린 나이에 아방나찰로 발탁된 그녀는 이십팔 세가 된 지금도 순결을 지니고 있다.

무간자와 무간낭자들에게 가할 백 가지가 넘는 형벌과 이십여 종류의 살인공, 십오류 개의 특수무공으로 무장된 삼방찰이지만 남녀 관계, 특히 육체적인 것에는 숙맥이다.

원래 날카롭게 찢어진 듯한 그녀의 눈과 얄팍한 입술이 방갓 속에서 파르르 잔경련을 일으켰다.

두려움이나 갈등 때문이 아니다. 자신이 모르고 있는 것에 대한 초조함이었다.

그러나 태무악은 삼방찰의 젖가슴을 만지고 싶은 생각은 추호도 없다.

그는 다만 젖가슴 윗부분과 어깨, 목덜미 세 군데 혈도를 찍어 마혈과 아혈을 제압하려는 의도일 뿐이다.

삼방찰이 피하든 반격을 하든 개의치 않았다. 그녀가 어떻게 나오든 제압하고 내공을 흡수한 다음에 죽일 자신이 있기 때문이다.

백호오령의 손이 젖가슴 한 자 거리에 이르렀을 때 삼방찰은 결정을 내렸다.

원래 거친 성격의 그녀로서는 백호오령이 자신의 젖가슴을 만지도록 용납하기가 어려웠다.

백호오령이 공격하려는 의도가 아닌 것을 확인한 이상 무공을 사용할 필요는 없었다. 그래서 옆으로 한 걸음 옮기면서 단지 피하려고만 했다.

그러나 피했다고 여겼는데, 백호오령의 손이 여전히 젖가슴을 향해 다가오고 있었다. 더구나 이제는 반 자 거리다.

순간 삼방찰은 백호오령이 초식을 전개하고 있다는 것과 단순하게 젖가슴을 만지려고 하는 것이 아니라는 사실을 동시에 깨달았다.

슉!

순간 그녀는 재빨리 왼팔을 뻗어 백호오령의 손을 쳐내는 것과 동시에 오른손으로는 재빨리 견폐 안쪽 허리에 차고 있는 거삭도를 뽑았다.

그러나 그녀는 백호오령의 손을 쳐내지 못했다.

느릿하게 다가오던 백호오령의 손이 갑자기 빨라지면서 어느새 그녀의 세 군데 혈도를 번개같이 찍었다.

마치 그녀가 어떻게 대처할 것인지를 미리 알고 있었던 것 같은 반응이었다.

파파팍!

"……."

삼방찰의 몸이 뻣뻣하게 굳어지고 하나뿐인 눈이 커다랗게 부릅떠질 때, 백호오령이 왼손을 뻗어 그녀의 오른손 완맥을 가볍게 움켜잡았다.

그녀의 오른손이 움켜잡고 있는 거삭도는 칼집에서 반 자쯤 빠져나와 있었다.

그녀는 머릿속이 하얗게 탈색되는 듯한 느낌이 들었다.

상대가 아무리 백호오령이지만 자신이 이처럼 간단하게 제압당했다는 사실을 쉽사리 받아들일 수가 없었다.

그때까지만 해도 그녀는 백호오령이 자신의 몸을 더럽히려는 의도에서 제압했을 것이라고 생각했다.

하지만 이 방에 있던 세 명의 아방나찰이 사라진 것과 이 일이 어떤 연관성이 있는지는 여전히 의문이었다.

더구나 미모나 몸매로써는 사방찰과 오방찰이 훨씬 나은데 어째서 애꾸에다가 예쁘지도 않은 자신을 겁탈 대상으로 삼았는지도 모를 일이었다.

어쨌든 백호오령이 자신을 겁탈하던가, 아니면 최소한 그와 비슷한 일을 저지를 것이라고 삼방찰은 예상했다.

슥―

태무악은 삼방찰의 방갓을 벗겨 바닥에 던졌다.

날카로운 눈매의 애꾸눈과 뾰족한 콧날, 얄팍한 입술, 구릿빛으로 잘 그을린 갸름한 얼굴이 놀라움과 불신, 은은한 분노에 물들어 있었다.

그녀는 자신이 만만한 상대가 아니라는 것을 백호오령에게 알리려는 듯 하나뿐인 눈으로 독한 눈빛을 뿜어내며 뚫어지게 그를 주시했다.

하지만 백호오령은 냉랭하게 굳은 얼굴로 미미하게 입술을 달싹였다.

"하연이 누구냐?"

이방찰에게 들은 그 이름이 목에 걸린 가시처럼 궁금했던 태무악이다.

삼방찰은 백호오령이 그 이름을 왜 묻는지 알 수가 없었으나 어쩌면 자신을 제압한 이유와 관계가 있을지도 모른다고 추측했다.

"그녀는… 대방찰입니다."

순간 삼방찰은 백호오령의 얼굴 표정이 가볍게 흔들리는 것을 발견했다. 그녀가 틀리지 않았다면 그것은 가벼운 놀라움이었다.

백호오령이 어떻게 대방찰의 이름을 알고 있으며, 또 놀란 것인지 이해할 수가 없었다.

그러나 사실 태무악의 표정 변화는 놀라움이라기보다는

뜻밖이라는 쪽이 더 강했다.

그리고 그마저도 그의 감정을 아주 잠깐 동안 가볍게 흔들어놓았을 뿐, 다시 원래의 냉랭함으로 되돌아갔다.

"사방찰."

복잡한 표정의 삼방찰은 문득 백호오령이 칼날과 칼날을 비벼대는 듯한 나직한 목소리를 흘려내는 것을 들었다.

그것은 조금 전에 들었던 백호오령의 목소리가 아니었다.

무척이나 낯선 목소리. 그러면서도 불현듯 누군가를 떠올리게 하는 목소리였다.

원래 무간옥에서의 아방나찰과 무간자, 무간낭자 사이에는 대화 따위가 일체 필요하지 않았다. 단지 명령과 복종만이 존재할 뿐이었다.

아방나찰들은 무간자와 무간낭자들에게 추호의 설명도 요구하지 않았다.

꼭 말이 꼭 필요한 경우라고 해도 '네', '아니오' 정도로만 통용됐었다.

그러나 무간옥 시절에 태무악은 그런 단답형의 말마저도 하지 않았다.

그래서 여북하면 많은 사람들이 그가 벙어리일지도 모른다고 생각했을 정도였다.

그러므로 삼방찰이 그의 목소리를 기억한다는 것은 결코 쉽지 않은 일이다.

하지만 신기한 일이다. 그럼에도 불구하고 삼방찰은 그 목소리를 듣는 순간 즉시 무간백구호를 떠올렸다.

왜 하필이면 지금 이런 순간에 무간백구호가 떠올랐는지는 알 수가 없다.

세상에는 상식적으로 설명할 수 없는 일들이 왕왕 있는데, 지금이 바로 그랬다.

어쩌면 지금 벌어지고 있는 이 불가해한 일이, 삼 년 전에 그녀의 한쪽 눈을 터뜨리고 평생 지울 수 없는 치욕을 안겨준 그 일과 어떤 점에서 약간 상통하는 부분이 있었는지도 모른다.

사실 불가해하다는 점에서는 삼 년 전에 그녀가 무간백구호에게 당한 일이 지금보다 더 했다.

그렇지만 무간백구호를 떠올린 것과 백호오령은 여전히 상관이 없다고 그녀는 생각하고 있었다. 감정과 이성이 별개이듯이 말이다.

스으으……

그리고 그때 잔잔한 수면에 풀잎 하나를 떨어뜨린 것처럼 백호오령의 얼굴이 가벼이 일렁이면서 잔물결을 일으키며 변하기 시작했다.

그리고는 삼방찰의 하나뿐인 눈이 점점 더 커지더니 마침내 찢어질 듯이, 아니, 튀어나올 것처럼 부릅떠졌다.

마침내 그녀의 얼굴 가득 떠오른 것은 경악과 불신이 뒤섞인 표정이었다.

그녀의 목구멍에서 껙… 껙… 거리는 소리가 새어 나왔고, 마혈이 제압되어 움직이지 못하는 몸은 푸들푸들 경련을 일으켰다.

그녀는 백호오령의 모습은 간데없고 거기에 무간백구호가 우뚝 서 있는 모습을 부릅뜬 외눈으로 쏘아보고 있었다.

무간백구호는 삼 년 전에 비해서 많이 변한 모습이었다.

키가 훨씬 커졌으며, 어린 티가 사라졌고, 냉혹함과 무심함이 더욱 깊어졌다.

삼방찰은 눈을 깜빡거리면서 자신보다 머리 하나가 더 큰 태무악을 바라보았다.

눈으로 보고 있으면서, 그리고 경악을 금치 못하면서도 눈앞에 벌어져 있는 사실이 믿어지지 않았다.

가장 잔인한 복수는 '침묵'이라고 했다.

태무악은 입가에 차갑고도 냉혹한 한줄기 미소를, 눈에서는 흐릿한 살기를 번들거리면서 잠시 침묵을 지켰다.

삼방찰이 충분히 놀라고 분노하도록 기다리는 것이다. 이 정도의 인내는 즐거움이다.

이윽고 그녀의 얼굴에서 놀라움이 사라지면서 분노가 나타나기 시작했다.

그때 그녀는 태무악에게 잡혀 있는 오른팔 완맥이 뜨끔한 것을 느꼈다.

다음 순간 그곳으로 뜨거우면서도 날카로운 기운이 쏟아져 들어왔다.

그 기운은 살과 뼈를 태우면서 동시에 수십 개의 예리한 칼로 저미어내는 것처럼 팔을 통해 주입되어 순식간에 온몸으로 퍼져 갔다.

그녀의 외눈이 더 커지면서 태무악을 쳐다보았다.

그리고 태무악의 미소와 살기 어린 눈빛이 방금 전보다 더 짙어졌다.

발력채령술이 전개된 것이다.

삼방찰의 입이 찢어질 듯이 벌어지고 목구멍에서 가래 끓는 소리가 듣기 거북하게 흘러나왔다.

이런 고통은 처음이다. 아니, 이것은 너무 지독해서 고통이라고 부를 수도 없다.

언젠가 경험해 본 적이 있는 나락형계는 지금의 고통에 비하면 오히려 편안한 안식이다.

태무악을 쏘아보는 삼방찰의 하나뿐인 눈은 이글거리는 분노를 뿜어내고 있었다.

그녀는 고통을 느끼지 않았다. 고통보다 분노가 더 크기 때문이다.

십오 세 전까지, 그녀는 자신의 문파에서 촉망받는 후계자의 수업을 착실하게 받고 있었다.

그런데 어느 날 그녀의 문파에 낯선 한 사람이 찾아왔고,

아버지는 그 사람에게 기꺼이 자신의 어린 딸을 내어주었다.

어린 딸이 평소 세상에서 가장 존경했던 아버지는 굳건한 표정으로 말했었다.

"이제부터 네가 하게 될 일은 무림의 평화를 위하는 영광스러운 일이다."

이후 그녀는 비밀스러운 장소에서 이 년 동안 혹독하기 짝이 없는 무공 수련을 수료하고 나서 무간옥의 아방나찰이 되었다.

그리고 지난 십 년 동안 그녀는 아버지의 말씀을 가슴 깊이 새긴 채 자신의 임무에 충실했다.

무간자와 무간낭자들을 가혹하게 다스리는 것도, 탈출하는 그들을 붙잡아오는 것도 그녀에겐 아버지가 말씀하신 '무림 평화를 위한 영광스러운 일'이었다.

삼방찰은 자신의 몸에서 생명을 이루는 모든 것이 녹아서 빠져나가는 것을 느꼈다.

그리고 자신이 이제 죽는다는 것을 깨달았다.

그녀의 외눈은 더 이상 분노로 이글거리지 않았다.

다만 자신이 무림의 평화를 위해서 영광스럽게 죽는 것이라고 생각할 뿐이다.

그리고 잠시 후에 삼방찰은 껍데기만 남았다가 그마저도

한 움큼의 혈수가 되어 증발해 버렸다. 그녀의 흔적은 아무것도 남지 않았다.

손에 쥐고 있던 거삭도와 몸에 지닌 암기들마저도 녹아서 흔적없이 사라졌다.

반 시진 후.

태무악은 명정루 일층 어느 방에서 마지막 남은 화라선녀의 목 한복판에 흑자검을 깊숙이 꽂고 있었다.

전문 앞에서 떠들어대던 강탁이란 청년의 외침이 조금 전에 멈추었다.

그래서 태무악은 백호오령이 강탁과 그의 일행을 죽이고 명정루로 돌아오는 것이라 판단하고는 촉박함을 느껴 더 이상 발력채령술을 전개하지 않고 명정루에 남은 자들을 무차별 도륙했다.

그는 변체환용비술과 무영투공을 번갈아 전개한 덕분에 명정루에 있는 고수들을 힘들이지 않고 모두 죽일 수 있었다.

그는 발력채령술로 도합 십칠 명의 내공을 흡수했다. 그러나 최초의 이방찰을 제외하곤 이후 십육 명의 내공은 일일이 운공조식으로 갈무리할 여유가 없어서 일단 체내의 일정한 혈맥 안에 한데 모아서 굳게 닫아두었다. 나중에 한가해지면 자신의 내공으로 만들 생각이다.

그는 일층 입구가 잘 보이는 어느 방 안에 숨어서 방문을 살짝 열어놓은 채 백호오령이 돌아오기를 기다렸다.

그로부터 열 호흡쯤 지났을 때 문이 양쪽으로 열리고 백호오령이 바람처럼 안으로 달려들어 왔다.

그는 한쪽 어깨에 혼절한 듯한 강탁을 멘 채 곧장 계단 위로 달려 올라갔고, 문을 열어준 두 명의 백호추령은 그 뒤를 따랐다.

태무악은 방에서 나와 계단으로 달려가면서 무영투공을 전개하여 이층에 도달하기도 전에 모습이 사라졌다.

이어서 막 이층의 어느 방으로 들어가고 있는 두 명의 백호추령을 바짝 따라붙어 방 안으로 들어갔다.

탁!

방문이 닫히는 소리와 동시에 태무악의 흑자검이 두 백호추령의 목에 구멍을 뚫었다.

그들은 바람이 빠지는 듯한 미약한 신음 소리를 냈지만 방문이 닫히는 소리보다 훨씬 작았다.

태무악은 시체를 그대로 놔둔 채 방을 나와 곧장 오층으로 달려 올라갔다.

"나는 말장난을 좋아하지 않으니까 묻는 말에 순순히 대답하는 것이 좋다."

그는 백호오령의 말이 흘러나오는 방을 향해 걸어가면서 무영투공을 풀고 대신 변체환용비술을 전개했다.

스으으……

방문을 열 때 그는 어느새 백호봉영주로 변해 있었다.

백호오령은 방으로 들어서고 있는 백호봉영주를 힐끗 보고 나서 다시 자신의 앞쪽 바닥에 꿇어앉혀진 강탁에게 시선을 주며 냉랭하게 물었다.

"천추부림에 대해서 내가 만족할 만한 정보를 말한다면 살려주는 것을 고려해 보겠다."

태무악은 태연하게 백호오령에게 다가갔다.

그는 백호봉영주의 모습에 백호전령의 복장인 백의를 입고 있었으나 백호오령은 강탁에게 신경을 쓰고 있어서 주의 깊게 살피지 않았다.

마혈이 제압되었으나 조금도 굴하지 않는 듯한 모습의 강탁은 경멸스런 미소를 지었다.

"흥! 목이 아프도록 떠든 보람이 있어서 결국은 네가 나를 잡아왔구나! 고맙다! 이제 내가 너에게 잡혔다는 사실을 내 동료들이 천하에 알릴 것이다!"

강탁이 통천군림보 전문 앞에서 몇 시진째 목청껏 외치고 있었던 데에는 달리 목적이 있었다.

천존과 관련이 있는 누군가가 나와서 자신에게 어떤 형태로든 위해를 가하면, 지켜보고 있던 동료들이 그 사실을 즉각 천하에 소문을 퍼뜨리고 동시에 강탁을 내놓으라고 농성을 벌일 계획이었다.

그런 식으로라도 천존에게 대항하는 단초를 삼으려 했고, 그렇게 일을 벌여놓으면 천추부림이 가만히 있지 않을 것이라고 예상했었다.

"그럴 일은 없을 것이다. 네 동료들은 네가 잡혀 들어온 사실을 알지 못한다."

백호오령의 자르는 듯 단호한 말에 강탁은 무엇인가를 깨달은 듯 안색이 흠칫 변했다.

강탁은 백호오령의 입가에 떠오른 득의한 미소를 보고 자신과 함께 온 진도문 고수들이 모두 죽었음을 그제야 비로소 깨달았다.

그는 분노로 얼굴을 보기 싫게 일그러뜨리면서 흰 이를 드러내며 당장 백호오령을 죽이지 못하는 것이 한스러운 듯 으르렁거렸다.

"으으… 죽일 놈……."

그때 백호오령 바로 옆에까지 바짝 다가온 태무악이 품속에서 무엇인가를 꺼냈다.

마치 품에서 꺼낸 물건을 백호오령에게 전해주려는 듯한 자연스러운 동작이었다.

그런데 백호오령은 무심코 그를 힐끗 쳐다보다가 갑자기 안색이 급변했다.

그러나 그것뿐이다.

팍!

태무악이 번개같이 그어대는 흑자검이 자신의 목을 자르는 것을 백호오령은 막지도, 피하지도 못했다. 아니, 무엇이 자신의 목을 베었는지도 몰랐다.

　강탁은 어리둥절한 표정으로 눈을 위로 한껏 치켜뜨고 그 광경을 쳐다보았다.

　하지만 그는 눈앞에서 벌어지고 있는 일이 무엇을 뜻하는지 미처 헤아리지 못했다.

　그가 보기엔 동료 사이인 백호봉영주가 하나의 거무튀튀한 쇠붙이를 뻗고 있으며, 백호오령은 그것을 보면서 놀라는 표정을 짓고 있는 모습이었다.

　슥―

　태무악은 흑자검을 한차례 가볍게 흔들어 묻은 피를 털어낸 후 품속에 갈무리하면서 방문 쪽으로 몸을 돌렸다.

　투우.

　그가 두 걸음을 옮기고 있을 때 백호오령의 목이 잘라져 바닥에 떨어졌다.

　무릎을 꿇고 있는 강탁은 자신의 앞으로 굴러오고 있는 백호오령의 머리통을 보면서 찢어질 듯이 눈을 부릅떴다.

　도대체 무엇이 어떻게 된 상황인지는 모르겠지만 한 가지만은 분명했다.

　백호오령이 죽었다는 것이고, 그를 죽인 사람이 필경 적이 아닐 것이라는 사실이다.

　"구해주시오."

　태무악이 방문을 열려고 할 때 강탁이 다급하게 속삭이듯

외쳤다.

태무악은 걸음을 멈추고 그를 쳐다보았다. 자신하고는 아무런 상관이 없는 사람이지만, 그가 천존에게 아버지를 잃었다는 사실 때문에 약간의 동질감이 느껴졌다.

강탁은 초조한 표정으로 태무악을 쳐다보았다. 그는 얼굴을 돌릴 수 없기 때문에 눈동자를 한껏 태무악 쪽으로 돌렸지만 그의 윤곽만 흐릿하게 보일 뿐이었다.

원래 강탁은 죽음을 두려워하지 않는, 부러질지언정 휘지 않는 굴강한 성격의 소유자다.

그러나 지금처럼 살아날 수 있는 상황에서 일부러 죽음을 택할 정도의 바보는 아니다.

태무악은 강탁을 향해 왼손을 뻗어 검지와 중지 두 손가락을 구부렸다가 슬쩍 튕겨냈다.

피잉!

그러자 팽팽하게 당긴 활시위를 놓은 듯한 음향이 흐르는 것과 동시에 그의 검지와 중지 손가락에서 각각 한줄기씩의 가느다랗고 붉은 빛줄기가 발출되었다.

파꽉!

두 개의 빛줄기는 쏘아가다가 약간 갈라지면서 강탁의 양쪽 어깨에 가볍게 적중되었다.

그 충격 때문에 강탁은 상체가 반대쪽으로 기울어지더니 바닥에 쓰러졌다.

하지만 그는 아픔을 느끼지 않았다. 자신의 마혈이 풀렸다는 사실을 넘어지면서 깨달았기 때문이었다.

그가 급히 벌떡 일어나 방문 쪽을 쳐다보니 태무악은 방을 나가고 있었다.

방문에서 강탁이 있는 곳까지의 거리는 이 장 반 정도다. 그러나 강탁은 태무악이 방문 근처에서 움직이지 않았다는 것을 알고 있었다.

그런데도 강탁은 마혈이 해혈됐다. 그리고 방금 전에 날카로운 파공음을 들었다.

그러므로 그가 생각할 수 있는 것은 하나뿐이다.

'맙소사! 지풍을……'

두 번 생각할 필요 없이 그것은 지풍이 분명했다.

최소한 이 갑자의 정심한 내공이 있어야지만 지풍을 전개할 수 있다는 것은 칼을 쥐고 다니는 사람이라면 누구나 알고 있는 사실이다.

강탁의 부친인 진도문주는 하남무림 내에서 열 손가락 안에 꼽히는 쟁쟁한 고수였으나 지풍을 전개하는 것은 엄두도 내지 못했었다.

놀라움을 추스른 강탁은 쓰러져 있는 백호오령의 어깨에서 검을 풀어 자신의 어깨에 메면서 급히 방을 나갔다.

태무악이 계단을 내려가고 있는 것을 발견한 그는 재빨리 뒤를 따랐다.

태무악의 뒤를 바짝 따르면서 강탁은 정중하게 포권을 해 보이며 감사를 표했다.

"불초는 강탁이라고 하오. 구명지은에 진심으로 감사드리오. 실례오만 귀하의 존성대명을 알려주시오."

그러나 태무악은 대답은커녕 뒤도 돌아보지 않았다.

강탁은 마음속에 먹구름처럼 짙은 의문을 가득 품은 채 이윽고 일층에 당도했다.

태무악은 일층 대전에 우뚝 서서 입구를 주시하면서 삼풍호개를 어떻게 할 것인지 잠시 생각했다.

삼풍호개가 조사하고 있던 홍안루의 백호전령은 백호오령으로 드러났고, 조금 전에 태무악의 손에 죽었다.

그러므로 더 이상 삼풍호개는 쓸모가 없다. 그러나 그는 호의로써 태무악을 도우려고 했었다.

그러니까 한 번쯤 그를 도와줘서 빚을 갚는 것도 나쁘지 않을 터이다.

태무악은 자신도 모르는 사이에 은혜와 원한을 분명하게 구별하는 사람으로 변모해 가고 있었다.

아까 백호봉영주가 백호오령에게 삼풍호개에 대해 보고하면서 그가 개방의 소방주라고 했었다.

태무악은 개방이 무엇을 하는 곳인지 모르고 있지만 삼풍호개가 일개 방파의 소방주라면 범상한 신분은 아닐 것이라고 짐작했다.

여하튼 그가 누구든 상관없다. 빚을 졌다는 것은 좋은 기분은 아니니까.

강탁은 태무악 뒤로 가서 섰다.

그러자 태무악이 몸을 돌려 강탁에게 걸어가더니 그보다 한 걸음 뒤에 입구를 향해 섰다.

자신의 뒤에 누가 있는 것을 허용하지 않는 살인병기의 본능 때문이다.

그때 태무악은 누군가 경공을 전개하여 명정루로 달려오는 것을 감지했다.

한 명이다. 그런데 인공 호수 위의 다리를 달려오면서 딛는 소리가 둔탁하고 불규칙했다. 부상을 당했으며 다른 한 명을 데리고 있기 때문이다.

왈칵!

잠시 후에 문이 거칠게 열리면서 백호추령 한 명이 거칠게 달려들어 왔다.

태무악이 짐작했던 대로 백호추령은 허벅지와 복부에 심각한 부상을 당했으며 어깨에 부상을 입은 채 제압을 당한 삼풍호개를 메고 있었다.

반 시진 전, 백호추령은 성내 외진 장소에서 삼풍호개를 발견하여 천중고수임을 상징하는 백호신패(白虎信牌)를 내보이면서 조용히 따라올 것을 요구했었다.

그러나 천존을 근본적으로 싫어하는 삼풍호개가 순순히

말을 들을 리가 없었다.

그는 자신을 제압하려는 두 명의 백호추령과 맞서 결사적으로 싸운 결과 한 명을 죽이고 또 한 명에게 부상을 입히기는 했으나, 불운하게 자신도 부상을 입고 제압당하는 신세가 되고 말았다.

백호추령 두 명과 거의 대등하게 싸운 그의 무위는 과연 개방의 소방주다웠다.

그러나 지금은 마혈과 아혈이 제압된 신세가 되어 착잡하기 이를 데 없는 표정이었다.

백호추령은 강탁을 힐끗 처다보고 나서 숨을 헐떡이며 태무악에게 보고했다.

"봉영주님! 개방 소방주 삼풍호개를……."

팍!

태무악이 손을 들어 가볍게 중지를 튕기자 예의 한줄기 붉은 빛줄기가 쏜살같이 발출되어 말을 하던 백호추령의 미간에 적중되었다.

강탁은 백호추령의 미간에 엄지손톱 크기의 구멍이 뻥 뚫려서 핏물이 콸콸 쏟아져 나오는 것을 보고 크게 놀라 눈을 휘둥그렇게 떴다.

조금 전에 태무악이 자신의 혈도를 풀어줄 때 전개한 수법이 지풍이었다는 사실을 강탁은 지금 분명히 두 눈으로 똑똑히 확인했다.

태무악이 사용한 지풍은 삼삼살인공 중의 하나인 적혼지(赤魂指)이며, 삼백여 년 전에 무림을 핏물로 씻은 적인마(赤刃魔)의 성명절기 중 하나였다.

지난 삼백여 년 동안 무림에서 실전되어 아무도 사용하는 사람이 없었는데, 삼백여 년의 잠에서 깨어나 비로소 태무악에 의해서 전개된 것이다.

그렇지만 강호의 연륜과 지식이 짧은 강탁은 적혼지를 알아보지 못했다.

쿠당!

백호추령이 뒤로 쓰러지면서 삼풍호개도 함께 바닥에 나뒹굴었다.

그제야 비로소 삼풍호개를 발견한 강탁이 크게 놀라 그에게 달려들었다.

"풍 형!"

삼풍호개에게는 그리 많지 않은 절친한 친구가 몇 명 있는데, 강탁은 그중 한 명이었다.

강탁은 재빨리 삼풍호개의 혈도를 풀어주었다.

그런데 삼풍호개는 혈도가 풀리기는커녕 고통으로 얼굴을 일그러뜨리고 온몸을 푸들푸들 떨면서 괴로워했다.

원래 그는 백호추령의 특수한 점혈수법에 제압됐는데 강탁이 섣불리 해혈을 하려고 드는 바람에 기혈이 들끓고 혈맥이 꼬이고 말았다.

말을 할 수도 없는 삼풍호개는 고통 때문에 진땀을 뻘뻘 흘리면서 이를 부득부득 갈았다.

강탁은 자신의 성급함 때문에 삼풍호개를 위험에 빠뜨리고는 크게 당황하여 그의 상체 여러 혈도를 이것저것 어지럽게 눌러댔다.

그럴수록 삼풍호개는 제압이 풀리기는커녕 더 고통스러운 표정을 지으면서 온몸을 떨더니 급기야 코와 입에서 피를 흘리기 시작했다.

그가 죽음으로 치닫고 있다는 사실을 간파한 강탁은 태무악을 보며 다급하게 애원했다.

"은공! 제발 이 친구를 살려주시오! 부탁하오!"

그는 평소에 자신이 하지 못하는 것은 다른 사람도 못한다고 여기는 성격이었다.

그런데 지금은 자신이 못하는 것을 태무악에게 부탁, 아니, 애원하고 있다.

그가 누군지는 모르지만 신비한 능력의 소유자라고 짐작하기 때문이었다.

태무악은 강탁의 말이 떨어지기 무섭게 삼풍호개를 향해 지풍을 연이어 다섯 번 발출하면서 입구로 걸어갔다.

파파파팍!

다섯 줄기 지풍이 삼풍호개의 양쪽 어깨와 가슴 한복판, 턱 밑과 귀밑 다섯 군데에 거의 동시에 가볍게 적중되자 그는 고통이 씻은 듯이 사라지는 것을 느끼면서 긴 한숨을 토해내며 사지를 늘어뜨렸다.

"후우……."

그러다가 갑자기 정신이 번쩍 들어 튕기듯 일어나며 강탁에게 급히 물었다.

"강 형! 도대체 어떻게 된 건가?"

그의 질문은 강탁이 어째서 이곳에 있는 것이며, 자신의 혈도를 풀어준 사람이 누구냐는 두 가지를 한꺼번에 뭉뚱그린 것이다.

강탁은 삼풍호개의 팔을 잡고 서둘러 입구 쪽으로 신형을 날렸다.

"가면서 설명하겠네."

강탁은 태무악을 놓칠까 봐 조바심이 났다.

두 사람이 입구 밖으로 달려나갔을 때 태무악은 이미 호수 바깥쪽 어둠 속을 바람처럼 쏘아가고 있었다.

"아… 너무 늦었어."

강탁은 자신의 경공으로는 그를 따라잡지 못한다는 것을 깨닫고 안타깝게 탄식을 터뜨렸다.

"저 사람이 나를 구한 것인가?"

삼풍호개는 저 멀리 전각 사이로 사라지고 있는 태무악에게 시선을 고정시킨 채 물었다.

"그가 나도 구해주었네. 그런데 누군지도 모르다니 어떻게 이런 일이……."

　평소 은원을 분명히 구분하는 강직한 성품의 강탁은 착잡한 얼굴로 탄식했다.

　그러나 삼풍호개는 싱긋 특유의 미소를 지었다.

　"걱정 말게. 난 그가 누군지 알 것 같네."

　태무악은 명정루를 나서자마자 변체환용비술을 풀었는데, 삼풍호개는 먼발치에서도 그의 체격을 보는 순간 즉시 한 사람의 모습을 떠올렸던 것이다.

第四十一章

현상(懸賞)

대무신
大武神

　태무악은 집 앞에서 훌쩍 허공으로 솟구쳐 올라 대문을 날아 넘었다.

　그때 그는 대문 안쪽 어두컴컴한 곳에 두 사람이 서 있는 것을 발견했다.

　그들은 수피와 앵화의 어머니였다.

　마주 서서 초조한 얼굴로 대문을 주시하고 있는 모습으로 봐서 태무악을 기다리고 있는 듯했다.

　자정이 넘은 시각이라서 당연히 수피는 자고 앵화 어머니는 집으로 돌아갔을 것이라고 태무악은 짐작했었다. 그래서 담을 넘은 것이다.

그런데 수피는 자고 있지 않았을 뿐만 아니라 앵화 어머니마저도 집에 돌아가지 않고 태무악을 기다리고 있었다.

태무악은 마당에 내려서서 묵묵히 두 여자의 뒷모습을 응시했다. 그녀들은 그의 존재를 까마득히 모른 채 대문만 바라보고 있을 뿐이다.

"아… 나리 안 온다."

그때 수피가 서투른 한어로 더듬더듬 입을 열었다.

하지만 그 정도로도 의사 전달은 충분했다. 앵화 어머니와 하루 종일 함께 있으면서 한어를 배운 듯했다.

아무리 그렇더라도 하루 만에 저만큼 한다는 것은 본래 그녀가 매우 명석한 두뇌를 지닌 덕분일 것이다.

수피의 목소리에는 염려와 초조함이 짙게 배어 있었다.

앵화 어머니는 수피의 손을 잡고 온화하게 위로했다.

"나리께선 곧 돌아오실 거예요."

"그렇… 지만……."

"강한 분이시니 별일은 없을 거예요. 저를 믿으세요."

태무악은 그녀들을 내버려 두고 자신의 방으로 들어가 돌침상 위에 가부좌를 틀고 앉았다.

통천군림보 명정루에서 발력채령술로 흡수한 내공을 운공조식을 해서 본신진기와 합치려는 것이다.

그러나 그는 운공조식에 막 들어가려다가 멈추었다. 대문가에 서 있는 두 여자가 신경이 쓰였다. 자신이 돌아왔다는 것을 알려주지 않으면 밤새 저렇게 서 있을 것 같았다.

귀찮았지만 그는 다시 밖으로 나왔다. 그녀들을 나무라고 싶은 마음은 없었다.

어쩌면 그녀들에게서 파양현 벽라촌 청은장에서 지금도 매일 태무악을 기다리고 있을 송선 송 이모의 모습을 발견했기 때문일지도 몰랐다.

태무악은 대문 앞에 서서 가볍게 대문을 두드렸다.

퉁퉁!

그러자 기다렸다는 듯이 대문이 활짝 열리는 것과 동시에 만면에 더없이 기쁜 표정을 가득 떠올린 수피와 앵화 어머니가 달려나왔다.

"나리… 왔구나!"

"나리!"

그녀들은 마치 전쟁에 나갔던 남편이나 아들이 살아서 돌아온 것처럼 눈물을 흘리며 기뻐하였다.

"나리! 기쁘다!"

수피는 펑펑 울면서 태무악의 품으로 파고들었다.

그녀는 그렇다 치고 앵화 어머니까지도 연방 행주치마로 눈물을 닦는 것을 보면서 태무악은 묘한 기분이 들었다.

"왜 집에 가지 않았소?"

문을 닫고 들어와 태무악이 무뚝뚝한 어조로 앵화 어머니에게 물었다.

술시에 성문을 닫기 때문에 외성에 살고 있는 그녀는 그전에 돌아가야 한다.

앵화 어머니는 수피를 힐끗거리면서 조심스럽고도 공손히 대답했다.

"수피 소저를 혼자 두고 갈 수가 없어서……."

태무악은 수피를 슬쩍 쳐다보고는 방으로 들어가 버렸다.

태무악은 운공조식이 끝나고 나서도 한참 동안이나 돌 침상에서 내려오지 않았다.

그는 처음 발력채령술을 전개하여 이방찰의 내공을 흡수, 운공조식을 해서 이십 년의 내공이 증진됐었다.

그 후에 십육 명의 내공을 더 흡수하여 혈맥에 저장해 두었다가 집에 돌아와서 운공조식을 하여 정령내공만을 뽑아내서 자신의 본신진기에 합일시켰다.

그 결과 삼십 년의 내공이 추가로 증진된 것을 알게 되었다.

그것은 기대했던 것과는 달리 어이없는 일이었다.

이방찰 한 명에게서 이십 년의 내공을 얻었는데, 십육 명에게서 겨우 삼십 년 내공밖에 얻지 못하다니 뭔가 크게 속은 듯한 기분이 들었다.

그래서 그는 지금 어째서 그런 것인지에 대해서 골똘히 생각하고 있는 중이다.

벌써 반 시진이나 생각을 거듭했으나 도무지 원인을 알 수가 없었다.

결국 그는 생각하기를 포기하고 바닥에 내려섰다.

어쨌든 그는 뜻하지 않게 오십 년의 내공을 얻어 현재 백팔십 년이라는 엄청난 내공을 지니게 됐다.

무림의 태산북두인 소림사와 무당의 장문인이라고 해도 이 갑자를 조금 상회하는 백삼, 사십 년 수준의 내공을 지니고 있는 정도다.

그러므로 태무악의 삼 갑자 내공이 어느 정도일지는 미루어 짐작할 수 있을 터이다.

그때 문득 그는 마당에 사람이 있는 것을 느꼈다. 숨소리와 심장 박동으로 미루어 앵화 어머니였다.

그는 그녀가 마당에서 무엇을 하고 있는 것인지 궁금하여 밖으로 나갔다.

앵화 어머니는 마당 가장자리에 서서 밤하늘을 망연히 바라보고 있는데, 웬일인지 얼굴에는 염려의 표정이 가득 떠올라 있었다.

태무악은 그녀가 바라보고 있는 밤하늘을 쳐다보다가 그쪽 방향이 외성 삼의묘 근처라는 사실을 깨달았다. 그곳에는 앵화네가 사는 빈민가가 있다.

오늘 집에 가지 못한 앵화 어머니는 어린 자식과 남편을 걱정하고 있는 것이었다.

그녀는 태무악이 남편의 병을 완치시켜 주었다는 말을 딸 앵화에게서 듣고 뛸 듯이 기뻐했었다.

또한 태무악에 대한 은혜를 몸이 가루가 되어서라도 갚겠다고 맹세를 했다.

그러나 남편은 지난 일 년여 동안이나 병석에 누워 있었기 때문에 병이 완쾌되었다고 해도 몸이 허약하기 짝이 없는 상태다.

앵화는 원래 아버지의 치료비와 가족의 끼니를 위해서 돈을 벌려고 기녀가 됐었다.

그런데 아버지의 병이 완쾌되고 어머니가 태무악의 집에 하녀가 되어 고정 수입이 생겼기에 더 이상 기녀로 있어야 할 이유가 없어졌다.

그래서 어제부로 홍안루 기녀를 그만두고 집에서 아버지와 어린 동생들을 돌보고 있는 중이다.

하지만 앵화 어머니는 영 마음이 놓이지 않았다.

앵화가 잘하고 있을지 별별 염려가 끊임없이 생겨나 잠을 이루지 못해 마당에 나와서 집이 있는 방향을 쳐다보며 애를 태우고 있었다.

앵화 어머니를 쳐다보고 있던 태무악은 문득 한 가지 괜찮은 생각이 떠올랐다.

오늘 그가 명정루에 있는 천존의 수하들을 깡그리 죽였기 때문에 앞으로 북경성은 벌집을 쑤셔놓은 것처럼 시끄러워질 것이다.

태무악은 백호사자뿐만 아니라 태상사사자, 그리고 나아

가서 천존까지 모두 이곳 북경성으로 끌어들여야겠다는 생각을 방금 했다.

힘들어서 천존을 찾아다니는 것보다 자리를 잡고 앉아서 그들이 찾아오기를 기다리는 것이다.

비록 태무악이 집을 갖고 있으며 노예로 보이는 수피와 하녀인 앵화 어머니와 함께 살고는 있으나 완벽한 위장이라고 하기는 어려웠다.

북경성이 크고 복잡하다고 하지만 천존의 수하들이 이 잡듯이 뒤지기 시작한다면 태무악의 집은 의심을 받게 될는지도 모른다.

그것을 미연에 방지하기 위해서 아예 완벽한 가정을 만드는 것이다.

이 집에는 남는 방이 세 개가 더 있으니 앵화네 가족을 이곳으로 불러들여서 함께 산다는 계획이다.

그렇게 해서 태무악은 자연스럽게 그 가족의 일원이 된다.

주위 사람들이 봤을 때 그가 아이들의 삼촌이라고 해도 되고, 큰아들이라고 해도 무리가 없을 터이다.

태무악은 앵화 어머니를 응시하며 그 계획에 대해서 한 번 더 꼼꼼히 생각해 보고는 고개를 끄덕이며 천천히 마당으로 내려섰다.

"어이."

"아!"

그가 뒤에서 나직이 부르자 앵화 어머니는 화들짝 놀라 쓰러질 듯 뒤를 돌아보았다.

"나리……."

그녀는 태무악을 발견하고 급급히 허리를 굽혔다.

이어서 조심스럽게 입을 열었다.

"소인의 이름은 상금(湘錦)이오니 이름을 부르세요."

태무악이 방금 '어이' 라고 불렀기 때문에 이름을 가르쳐 준 것이다.

"그런데 어인 일로 이 늦은 시각에……."

"내일 자네 가족을 데려오게."

태무악은 거두절미 본론을 말했다.

"그게 무슨……."

앵화 어머니 상금은 태무악의 말을 잘 이해하지 못했다.

"이 집은 나와 수피 두 명이 살기엔 넓으니까 함께 사는 게 어떤가 하는 것이다. 그러나 굳이 같이 살기 싫으면 그만둬도 되네."

"……."

태무악은 눈을 휘둥그렇게 뜨고 대경실색하는 상금을 마당에 놔두고 몸을 돌려 거실로 들어섰다.

그는 순전히 자신의 계획 때문에 상금의 가족을 이 집에서 살게 하는 것이라고 생각했다.

그렇지만 사실은 그 자신도 모르는 잠재의식이 그렇게 하라고 시킨 것이다.

태무악의 잠재의식 속에 각인되어 있는 상금의 가족은 모두 불쌍했다. 하지만 따스한 가족애가 있었다.

태무악의 잠재의식이 원하는 것은 불쌍한 그녀 가족을 돕고, 그들의 가족애를 함께 공유하고 싶다는 것이었다.

말 그대로 그것은 조금도 표면화되지 않은 그의 잠재의식이 하는 일이었다.

"아악―!"

그때 수피의 방에서 날카로운 비명 소리가 터져 나왔다.

태무악은 자신의 방으로 가려다가 걸음을 멈추고 수피의 방을 쳐다보았다.

상금은 놀라서 급히 달려가 수피의 방으로 들어갔다.

그러나 상금의 달래는 소리와 수피의 비명 소리가 계속 흘러나왔다.

그 소리를 들은 태무악은 수피를 상금에게 맡긴 채 그냥 자신의 방으로 들어가지 못했다.

악몽에 시달리는 수피를 달랠 사람은 자신밖에 없다는 사실을 알고 있기 때문이었다.

수피의 악몽은 아마도 그녀가 노예로 끌려오게 된 사연과 관계가 있을 것이다.

죽을 때까지 지워지지 않는 어떤 장면이 밤마다 그녀를 괴롭히고 있는 것이 분명했다.

상금은 자다가 깨어나 울부짖고 있는 수피를 안고 달래느라 진땀을 흘리고, 수피는 발버둥을 치면서 누구를 찾는 듯 두리번거렸다.

그러다가 방 안으로 들어서는 태무악을 발견하곤 그를 향해 두 손을 뻗으면서 서럽게 흐느껴 울었다. 마치 우는 아이가 부모에게 하는 듯한 행동이었다.

태무악이 침상에 앉자 수피는 쓰러지듯이 그의 품으로 안겨들면서 거짓말처럼 울음을 그쳤다.

어젯밤처럼, 오늘 밤도 태무악은 수피와 함께 잤다. 그녀는 그의 품에 포근히 안겨서 아침까지 한 번도 깨지 않고 갓난아기처럼 새근새근 곤히 잠들었다.

노예로 끌려가고 있던 수피를 구해준 사람이 태무악이라서, 그녀는 오직 태무악에게서만 평안을 찾는 듯했다.

처음에 상금은 수피가 태무악의 여자 노예라고 생각했었다.

그러나 며칠 동안 같이 생활해 본 결과 두 사람이 좀 특별한 관계라는 것을 알게 되었다.

대부분의 젊고 아름다운 색목인 여자 노예들은 예외없이 남자 주인의 성적노리개가 되는 것이 현재의 실태다.

그런데 상금은 태무악과 수피가 육체 관계를 일체 하지 않는다는 사실을 알게 되었다.

두 사람의 모든 것을 뒤치다꺼리하다 보면 관심이 없어도 자연히 그런 사실을 알게 된다.

태무악은 아까부터 집 밖에 한 사람이 서성거리고 있는 기척을 느끼고 있었다.

그리고 그가 삼풍호개라는 사실을 처음부터 간파했었다.

태무악이 명정루를 나서자마자 변체환용비술을 풀고 제 모습으로 달려가는 뒷모습을 삼풍호개가 먼발치에서 보고는 누군지 알아차리고는 집에 찾아온 것일 게다.

그러나 삼풍호개는 집에 들어오지 못하고 밖에서만 서성거리고 있었다.

그가 이곳을 알고 있다는 것에 대해서 태무악이 불쾌하게 생각한다는 사실을 감지했기 때문일 것이다.

태무악은 삼풍호개를 모른 체했다. 들어오게 하고 싶지도, 나가서 만나고 싶지도 않았다.

명정루에서 그를 살려줌으로써 그에 대한 빚은 갚았다고 생각하는 것이다.

하지만 삼풍호개가 명정루에 잡혀온 것도 따지고 보면 태무악 때문이었다.

태무악이 그것을 모르는 바는 아니지만 삼풍호개가 백호오령을 감시, 미행했었다는 사실을 알고 있는 자들이 모두 죽었기 때문에 더 이상 위험하지는 않을 것이다.

그로부터 일각 후에 삼풍호개가 멀어지는 기척을 확인하고 나서야 태무악은 수피를 안은 채 잠을 청했다.

                    *   *   *

  원래 북경성을 중심으로 반경 오백여 리까지 오십 리 간격
으로 열 개의 포위망이 쳐져 있었다.

  먼 곳에서 오는 사람들은 반드시 열 개의 포위망을 거쳐야
지만 북경성으로 들어올 수 있으며, 밖으로 나가는 사람들도
마찬가지였다.

  열 개의 포위망을 이루고 있는 것은 대천색령에 동원된 만
여 명에 달하는 무림인과 이만여 명의 군사들이었다.

  그들은 북경성을 출입하는 사람이라면 남녀노소를 가리지
않고 검문했다.

  또한 털끝만큼이라도 수상하다 싶은 사람은 무조건 제압
하여 지나치다 싶을 정도로 세밀하게 조사를 한 연후에야 풀
어주었다.

  무림인뿐만 아니라 장사꾼이나 농사꾼 등 힘없는 백성들
조차도 극심한 고초와 불편을 겪어야만 했다.

  그러나 아무도 불만을 터뜨리지 못했다. 천존이 발동한 대
천색령이기 때문이었다.

  전 무림을 좌지우지하는 것뿐만 아니라 군사들과 구문제
독부까지도 동원시키는 천존의 절대권력 앞에서 어느 누가
불평을 터뜨릴 수 있겠는가.

  그런데 명정루에 있던 삼십 명이 모조리 죽거나 사라진 사

실이 밝혀진 직후, 북경성을 중심으로 쳐져 있던 열 겹의 포위망이 어느 순간부터 좁혀지기 시작했다.

그 치밀함과 신속함은 타의 추종을 불허할 정도여서 말 그대로 천라지망(天羅之網)이라고 할 수 있었다.

열 개의 포위망을 형성하고 있는 것은 만 명의 무림인과 이만 명의 군사였다.

그런데 포위망이 좁혀지면서 이만 명의 무림인과 오만 명의 군사들이 더 투입되었다.

나중에 투입된 칠만 명은 길과 마을이 아닌 곳을 수색하면서 포위망을 좁혔다.

이를테면 산이나 들, 강, 호수 등지를 수색했다. 작은 돌 하나, 풀 한 포기까지 샅샅이 뒤졌다.

열 개의 포위망, 즉 대천색령의 목적은 무간백구호를 잡으려는 것이 아니다.

일단 그를 북경성으로 몰아넣어 그곳에서 최종 승부를 내려는 것이다.

*   *   *

삼풍호개는 개방 북경 총타에 돌아가지 못하고 어느 은밀한 장소에 숨어서 초조하게 사태를 지켜보고 있었다.

그는 백호전령을 감시하라고 측근 개방 제자들에게 지시

한 일이 발각될 것이라고는 전혀 예상하지 않았었다.

미행이나 감시에서 개방 제자들은 타의 추종을 불허할 정도로 탁월한 실력을 지녔기 때문이다.

그런데 발각이 되었고, 그것을 지시한 사람이 삼풍호개라는 것까지 밝혀져서 제압당하여 통천군림보로 끌려갔었다.

그는 자신을 잡으러 왔던 두 명 중에 한 명이 내보인 백호신패를 똑똑히 보았었다.

그것은 말로만 들었던 태상사신패(太上四神牌) 중에 백호신패가 분명했다.

즉, 그를 잡으러 온 두 명은 천존의 수하였던 것이다.

천존의 최측근 네 명을 '태상사사자'라고 하며, 그들의 직속 수하들이 각기 네 종류의 신패, 즉 백호신패, 청룡신패(靑龍神牌), 주작신패(朱雀神牌), 현무신패(玄武神牌)를 지니고 다닌다는 사실을 삼풍호개는 알고 있었다.

무림에서는 천존의 수하들을 통칭하여 '천중신군' 그에 속한 각자를 '천중고수(天中高手)'라고 부르지만, 태상사사자의 수하들은 따로 백호고수, 청룡고수, 주작고수, 현무고수로 분류한다.

하지만 그런 사실을 알고 있는 사람은 그리 많지 않다.

삼풍호개는 태무악의 부탁으로 자신이 감시하고 있던 백호전령이라는 인물이 태상사사자 중에 백호사자의 수하, 즉 백호고수일 줄은 꿈에도 예상하지 못했었다.

어째서 처음에 태무악에게 '백호전령'이라는 말을 들었을 때 백호사자의 '백호'를 떠올리지 못한 것인지 지금 생각하면 한심하기 짝이 없었다.

만약 태무악이 말하는 백호전령이 천중고수 중의 백호고수인 줄 미리 알았더라면 그렇게 쉽사리 그의 부탁을 들어주지는 않았을 것이다.

삼풍호개는 '백호전령'이 백호고수일 것이라고는 짐작하지만 세부적인 지위 체계에 대해서는 모르고 있다.

'그런데 모 형이 무엇 때문에 백호전령을 감시해 달라고 한 것일까?'

그는 숨어 있는 관제묘(關帝廟) 제단 뒤 먼지투성이 바닥에 책상다리로 앉아서 고개를 모로 꼬며 내심 중얼거렸다.

그가 개방 총타에 돌아가지 못하고 북경성 외성 구석에 위치한 이런 관제묘에 꼭꼭 숨어 있는 데에는 그럴 만한 이유가 있다. 백호고수가 또다시 자신을 잡으러 올까 봐 겁이 난 것이다.

오늘 새벽에 구사일생으로 통천군림보에서 살아 나온 직후 그는 곧장 태무악의 집으로 찾아갔었다.

그러나 차마 그의 집으로 들어가지는 못했다. 지은 죄가 있기 때문이었다.

무림에서 벌어지는 수많은 사건과 일들을 개방은 속속들이 훤하게 알고 있다.

무림 구석구석까지 개방 제자들의 눈과 귀가 미치지 않는 곳이 없기 때문이다.

더구나 개방 총타가 있는 북경성 내에서는 아무리 사소한 일이라도 절대 개방의 이목을 피하지 못한다.

그렇게 삼풍호개는 우연찮게 태무악이 집을 구입했다는 사실을 알게 되었고, 그것을 그냥 혼자 알고만 있어도 좋을 것을, 태무악 앞에서 입방정을 떨다가 괜히 그의 경계심을 부추겨 버렸던 것이다.

그때 그렇게 태무악이 횡하니 가버린 이후 그의 모습을 줄곧 못 보았었다.

그러다가 아까 자정 넘어서 백호고수에게 제압되어 통천군림보 명정루로 끌려가 죽을지 살지 모르는 상황에 처했을 때 그의 목숨을 구해주고 홀연히 떠나가는 태무악의 뒷모습을 먼발치에서 다시 보았던 것이다.

그래서 부랴부랴 태무악의 집으로 달려갔으나 들어가지는 못하고 끝내 발길을 돌렸었다.

문득 삼풍호개는 가볍게 눈살을 찌푸렸다.

'그나저나 백호전령을 죽이고 강탁 강 형을 구한 사람은 대체 누구였지?'

통천군림보를 벗어난 후에 강탁은 자신이 겪은 일을 삼풍호개에게 자세히 설명해 주었었다.

설명에 의하면, 강탁을 제압해서 명정루로 끌고 간 자의 인상착의는 백호전령이 분명했다. 즉, 태무악이 삼풍호개에게 감시를 부탁했던 그 백호전령인 것이다.

그런데 또 다른 백호고수가 방에 들어와 한마디 말도 없이 백호전령을 죽인 후에 강탁과 함께 일층에 내려왔다가 삼풍호개를 어깨에 메고 들어온 백호고수를 또다시 죽이고는 유유히 사라졌다.

삼풍호개는 강탁에게 태무악의 용모를 자세히 설명했으나 강탁은 자신과 삼풍호개를 구한 사람은 태무악이 아니라고 단호하게 말했었다.

그 당시에 태무악이 백호봉영주의 모습으로 변신하고 있었기 때문에 당연한 일이다.

그러나 삼풍호개는 명정루 밖에서 멀어지고 있는 태무악의 뒷모습을 똑똑히 보았었다. 그래서 그가 태무악이라는 사실에 자신의 목을 걸어도 좋을 만큼 확신했다.

그런데 전후사정을 자세히 듣고 난 후에는 그 확신이 거의 사라져 버렸다.

도대체 어떻게 강탁이 설명했던 인물은 감쪽같이 사라져 버리고, 난데없이 태무악이 나타난 것인지에 대해서는 아무리 머리가 깨지도록 생각해 봐도 털끝만 한 단서조차 떠오르지 않았다.

'아아… 내 머리로 이 일을 이해하는 것은 더 이상 무리다, 무리.'

결국 그는 고개를 절레절레 흔들며 그 자리에 털썩 주저앉아 버렸다.

그때 밖에서 미약한 기척이 났다.

'흐익!'

그는 가슴이 철렁 내려앉을 만큼 놀라 급히 호흡을 멈추고 움직이지 않았다.

잠시 후에 조심스러운 발자국 소리가 관제묘 안으로 이어지자 삼풍호개의 긴장은 최고조에 달했다.

그는 너무 긴장한 나머지 자신을 잡으러 온 백호고수 정도 수준이면 지금 같은 기척을 전혀 내지 않을 것이라는 당연한 사실조차도 간과하고 있었다.

"소방주."

그때 한껏 소리를 죽인 속삭임이 흘러나왔다.

"휴우……."

그 목소리가 자신의 심복인 봉걸(奉乞)임을 안 삼풍호개는 안도의 한숨을 길게 토하며 숨어 있던 제단 뒤에서 엉금엉금 기어나왔다.

"봉걸 이놈아, 간 떨어질 뻔했잖느냐?"

"네? 네… 죄송합니다, 소방주."

삼풍호개가 눈을 부라리자 개방 제자치고는 그래도 깨끗한 옷에 제법 준수한 용모이며 십칠팔 세 정도인 봉걸이 굽실거리면서 꾀죄죄한 바구니 하나를 내밀었다.

삼풍호개는 반색을 하고 바닥에 퍼질러 앉아 바구니 안에 있는 만두와 술을 허겁지겁 게걸스럽게 먹으면서 볼멘소리로 물었다.

"그, 그래, 날 찾는 자들이 총타에 왔더냐?"

"그런 일은 없었습니다."

"정말이냐?"

삼풍호개는 먹는 것을 뚝 멈추며 믿을 수 없다는 듯 통방울 같은 눈을 부라렸다.

"정말입니다. 소방주를 찾는 사람이라곤 오직 방주밖에 없었습니다."

"흠… 그렇다는 말이지?"

삼풍호개는 우걱우걱 씹으면서 고개를 갸웃거렸다. 방주가 자신을 찾는 것은 대수롭지 않은 듯했다.

백호고수들과 싸우다가 패해서 제압되어 잡혀갔다가 구사일생 탈출을 했으니 당연히 백호고수들이 삼풍호개를 잡으려고 개방 총타에 들이닥칠 텐데도 그런 일이 없다니 이상하기 짝이 없었다.

부스럭.

그가 먹으면서 생각하는 데에 열중하고 있을 때 기다리고 있는 봉걸은 품속에서 구겨진 종이 하나를 꺼내 구김을 잘 편 후에 자세히 들여다보았다.

"그게 뭐냐?"

삼풍호개의 물음에 봉걸은 종이를 공손히 내밀었다.

"대천색령이 찾고 있는 표적이 그려진 전신입니다. 그런데 현상금이 붙었습니다."

"현상금? 얼마나?"

삼풍호개는 전단을 받으면서 건성으로 물었다.

"금화 일만 냥입니다."

삼풍호개는 어이없는 표정을 지었다가 잠시 후 와락 눈살을 찌푸렸다. 황금 일만 냥이면 과장을 조금 보태서 성 한 채를 살 수 있는 어마어마한 금액이다.

"구라 치지 마라, 이놈아."

"구라 아닙니다, 소방주님."

"이건……?"

봉걸을 옥박지르고 나서 전신을 들여다보던 삼풍호개가 씹는 것을 뚝 멈추더니 눈을 커다랗게 뜨고 전신의 초상화를 뚫어지게 쏘아보았다.

전신에는 매우 눈에 익은 한 사람의 얼굴이 비교적 상세히 그려져 있었다.

그 얼굴이 삼사 년쯤 더 성장하고 머리카락이 눈부신 은발이라면, 삼풍호개는 분명히 그 사람을 알고 있다.

그는 입에서 씹던 것을 줄줄 흘리고 있는 것도 잊은 채 넋나간 듯이 중얼거렸다.

"설마 모 형이……."

第四十二章
화목(和睦)

대무신
大武神

"모 형."

작은 중얼거림에 태무악은 운공조식을 하다가 번쩍 눈을 뜨고 방문 쪽을 쳐다보았다.

보통 무림고수들은 운공조식을 하던 중에 마음대로 중지할 수 없지만 태무악은 이미 그 경지를 넘어섰다.

그뿐만이 아니라 그는 어떤 자세로든 운공조식을 할 수 있다. 즉, 누워서도, 밥을 먹으면서도, 길을 걸어가면서도 가능하다는 얘기다.

세상의 모든 일들이 그렇듯이 그것은 원리를 깨우치기만하면 가능한 일이다.

그가 방금 들은 목소리는 삼풍호개가 틀림없었다. 새벽녘에 집 밖에서 한동안 서성거리다가 돌아갔었던 그가 한나절이 지나서 다시 찾아왔다면 필경 무슨 중요한 일이 있어서일 것이다.

"들어와라."

태무악은 육성으로 나직이 중얼거리면서 자신의 정체를 삼풍호개가 알게 되었을 것이고, 그것 때문에 찾아왔을 것이라고 생각했다. 그게 아니고는 중요한 일이라고 할 만한 것이 없었다.

대천색령이 발동되고, 태무악의 얼굴이 그려진 전신이 발에 채일 정도로 거리에 굴러다니고 있는데, 태무악이 집을 구입했다는 것까지 알아낼 정도의 빠삭한 소식통인 삼풍호개가 아직까지 그것을 모르고 있다는 사실이 오히려 신기한 일이 아니겠는가.

추측하건대, 아마도 삼풍호개는 뒤늦게 태무악의 전신을 보거나 해서 그의 정체를 알게 되었을 것이다.

태무악 역시 명정루에서 삼풍호개를 구해주고 나서야 그런 사실을 뒤늦게 깨달았었다. 그러나 깨달았을 때에는 이미 너무 깊이 발을 담그고 있었다.

기척없이 담을 넘은 삼풍호개는 조심조심 거실로 들어서다가 거실 끝과 붙어 있는 주방에 두 여자가 즐겁게 웃으면서 요리를 하고 있는 것을 발견했다.

그는 방금 전에 태무악의 목소리가 들려온 방이 어딘지 정확하게 간파했다.

태무악이 제대로 찾아 들어오라고 일부러 목소리를 흘려냈기 때문이다.

삼풍호개는 두 여자에게 들키지 않고 태무악의 방 쪽으로 살금살금 가다가 갑자기 걸음을 뚝 멈추었다.

그의 시선은 두 여자 중에 수피의 얼굴에 고정되었고, 얼굴에는 놀라움이 가득 떠올랐다.

'어럽쇼? 저 여자는?'

며칠 전에 북경성 내에서 혼일방 무사들이 대천색령을 핑계로 죄없는 사람들을 무더기로 붙잡아서 끌고 갈 때 그 무리 중에 수피가 있었던 것을 삼풍호개는 똑똑히 보았고 또 기억하고 있다.

그때 상처를 입은 그녀가 쓰러진 것을 삼풍호개가 일으켜 주기까지 했었다.

그녀는 흐느끼면서 서투른 한어로 '무악! 가자! 먹어라! 여기에 있어라!' 라고 계속 외치면서 끌려갔었다.

그 당시에 삼풍호개는 그녀를 구해주지 못해서 무척이나 마음이 아팠다. 그래서 그녀를 지금까지도 똑똑히 기억하고 있는 것이다.

'저 여자가 어떻게 여기에……?'

수피에게서 시선을 떼지 못하고 내심 중얼거리던 삼풍호

개는 어떤 사실이 번쩍 떠올라 움찔 놀랐다.

'그럼 그때 저 여자가 애타게 불렀던 무악이라는 사람이 모 형이었단 말인가?'

그 순간 또 하나의 생각이 퍼뜩 삼풍호개의 뇌리를 스쳤다. 성내에서 수피를 보고 나서 마음이 울적해진 그는 영풍객점에 태무악을 만나러 갔다가 무심결에 수피에 대한 얘기를 했던 적이 있었다.

그때 태무악은 갑자기 창밖으로 뛰쳐나갔다가 끝내 돌아오지 않았었다.

그런데 지금 생각해 보니까 그때 태무악은 수피를 구하러 갔었던 것이 분명하다.

'하아… 세상 참 좁군.'

삼풍호개는 속으로 중얼거리면서 수피에게서 시선을 거두고 태무악의 방으로 다가갔다.

사실 삼풍호개는 수피가 혼일방 무사들에게 끌려가서 온갖 추잡한 고통을 당할 것이라고 여겨서 그동안 여간 마음이 찜찜하지 않았었다.

그런데 뜻하지 않게 태무악의 집에서 그녀를 보게 되니 크게 한시름 던 것 같은 기분이 들었다.

겉으로는 허랑방탕한 그였지만 마음속으로는 따스한 정이 흐르고 있는 것이 분명했다.

삼풍호개가 소리없이 방문을 열고 방 안으로 들어가자 태무악은 실내 복판의 돌 침상 위에 가부좌로 앉아서 그를 쳐다보지도 않았다.

긴장한 표정의 삼풍호개는 방문 안쪽에 서서 뚫어지게 태무악을 주시했다.

아무리 여러 번 자세히 뜯어봐도 전신의 초상화와 너무도 닮은 모습이었다.

더구나 지금 태무악의 머리는 검은색이다. 아마 염색을 했을 것이라고 삼풍호개는 생각했다.

그는 대천색령이 찾고 있는 표적이 태무악이 틀림없을 것이라고 그를 직접 보면서 다시 한 번 확신했다.

전신 하단에는 표적을 봤거나 알고 있는 사람이 그 사실을 통천군림보로 신고하면 현상금 금화 일만 냥을 주겠다고 적혀 있었다.

금화 일만 냥 정도의 거액이면 팔자를 수십 번도 고칠 수 있을 것이다.

북경성에는 부자가 일일이 세기 어려울 만큼 많지만 금화 일만 냥 정도 갖고 있는 사람은 그리 많지 않을 것이다. 그만큼 거액인 것이다.

그러나 삼풍호개는 술 욕심은 많지만 돈 욕심은 전혀 없다.

돈으로 술을 사서 마신다는 것은 기본 상식이지만, 삼풍호개에게는 술은 얻어 마셔야 한다는 것이 상식이다.

그는 돈이란 무용(無用)하며 많을수록 성가신 물건이라고 믿고 있는 많지 않은 사람 중의 한 명이다.

지금 그가 원하는 것은 태무악이 누구이며 무엇 때문에 천존과 대적하고 있는지를 알아내는 것이고, 그래서 그와 계속 친분을 유지하고 싶다는 사실이다.

삼풍호개는 천천히 걸어 태무악의 앞에 섰다.

태무악을 만난 이후 그는 술만 좋아하고 아무것도 생각하지 않는 바보인 양 행동했었지만, 지금 그의 모습에서는 그런 것을 추호도 찾을 수 없었다.

그는 우뚝 서서 맑은 눈으로 태무악을 주시하며 나직이 말문을 열었다.

"자넨 누군가?"

덜렁대지 않는 차분한 목소리였다.

태무악은 삼풍호개를 보며 스산한 목소리로 대꾸했다.

"네가 알고 있는 대로다."

언제나 그랬던 것처럼 태무악은 녹록치 않았다. 아니, 지금은 더 단단한 소라 껍데기를 뒤집어쓰고 있었다.

삼풍호개는 지금이 매우 중요한 순간이라는 사실을 똑똑히 알고 있다. 그가 태무악을 신고할 생각이었으면 이곳에 오지도 않았다.

"딱 두 가지만 말하겠네. 그 이후에 자네가 그것에 대해서 더 이상 할 말이 없다면, 나는 이곳을 나가서 두 번 다시 자넬 찾아오지 않겠네."

삼풍호개가 이런 식의 진지한 말을 하는 것은 실로 오랜만이었다.

그의 다소 위협적인 말을 했지만 태무악은 끄떡도 하지 않았다.

삼풍호개는 상체를 꼿꼿하게 세우고 가슴을 활짝 펴고 나서 말을 이었다.

"나는 천존을 싫어하네, 아주 많이."

그는 두 가지 중에 하나를 말하고 나서 태무악의 반응을 기다리지 않고 계속 말했다.

"내 신분은 개방의 소방주일세. 그러므로 여러모로 자넬 도울 수 있을 것이네."

그리고는 입을 굳게 다물고 태무악의 반응을 기다렸다.

하지만 일각이 흐르도록 태무악은 아무 말도 없이 묵묵히 삼풍호개를 주시하고만 있었다.

삼풍호개는 약속한 대로 두 가지만 말했다. 그리고 한동안 기다렸는데도 태무악이 아무런 반응이 없자 씁쓸한 표정을 짓고 나서 몸을 돌려 방문 쪽으로 걸어갔다.

그는 태무악에게 꽤 매력을 느끼고 있지만 이것으로써 그와 끝이라고 마음속으로 결정했다.

그렇다고 해서 이 방을 나간 후에 천존의 무리들에게 태무악을 신고할 생각은 추호도 없었다.

그가 방문에 손을 댔을 때 죽어도 입을 열지 않을 것 같던 태무악이 돌아보지 않은 채 불쑥 입을 열었다.

"개방이 뭐냐?"

삼풍호개는 천하에서 가장 큰 방파인 개방에 대해서 태무악이 모르고 있다고 생각했다.

그의 뜻은, 개방이 무엇인지 알고 나서 소방주인 삼풍호개가 과연 무엇을 얼마나 도울 수 있는지 예상한 후에 그를 버리거나 아니면 손을 내밀겠다는 것이다.

삼풍호개는 그래도 괜찮다고 생각했다.

태무악이 지금 당장은 이용 가치와 필요에 의해서 개방 소방주를 필요로 할지 모르지만, 나중에는 정말 깊은 친구가 될 수 있을 것이라고 믿었고, 자신이 열심히 노력할 것이라고 다짐했다.

삼풍호개는 다시 태무악 앞으로 돌아가 개방이란 방파에 대해서 보태지도 덜지도 않고 있는 그대로를 차분하게 설명을 해주었다.

태무악은 묵묵히 반 시진에 걸친 삼풍호개의 설명을 모두 듣고 나서 가라앉은 목소리로 물었다.

"나를 도우면 너는 무엇을 얻느냐?"

"천존을 괴롭힐 수만 있다면 만족하네."

삼풍호개는 차분하게 대답했다. 그의 진짜 목적은 '천존이 없는 무림'이지만 그것이 자신의 살아생전에 이루어질 것이라고는 생각하지 않았다.

또한 태무악이 그런 엄청난 위업을 이룩할 수 있을 것이라고는 추호도 믿지 않았다.

태무악은 삼풍호개를 똑바로 응시했다.

"내가 이곳에 사는 것을 너 외에 누가 더 아느냐?"

"나만 알고 있네."

"너에게 목숨보다 더 소중한 것이 있느냐?"

태무악의 뜬금없는 물음에 삼풍호개는 잠시 어리둥절한 표정을 짓다가 되물었다.

"그건 왜 묻나?"

"대답해라."

삼풍호개는 태무악처럼 독선적이고 자기 주장이 강한 사람을 처음 보았다.

"있네."

"무엇이냐?"

"옥선이라는 분인데, 나 같은 목숨 백 개를 합친 것보다 더 소중한 분일세."

태무악의 눈빛이 조금 더 깊어졌다.

"네가 나를 배신하면 옥선을 죽이겠다."

"……."

느닷없는 말에 삼풍호개는 뒤통수를 호되게 얻어맞은 것 같은 표정을 지었다.

"뭐라고… 그랬나?"

"나를 배신하지 않으면 옥선은 무사할 것이다."

순간 삼풍호개는 속에서 참을 수 없는 분노가 치밀어 얼굴을 와락 일그러뜨리면서 으르렁거렸다.

"옥선의 머리카락 한 올이라도 건드리면 너는 내 손에 죽을 줄 알아라!"

그의 돌변한 행동에 태무악은 약간 흥미로운 눈빛으로 그를 쳐다볼 뿐 입을 열지는 않았다.

척!

그때 방금 삼풍호개가 떠드는 소리 때문에 수피가 놀란 얼굴로 방문을 열고 실내를 들여다보았다.

그러다가 삼풍호개를 발견하고 눈을 동그랗게 떴다.

"어머? 당신은……."

삼풍호개는 성난 표정으로 수피를 쳐다보았다.

그러자 수피는 움찔하며 겁먹은 표정을 지었다.

삼풍호개는 아차 하며 곧 어눌한 얼굴로 머리를 긁적이면서 아는 체를 했다.

"나를 알아보겠소?"

수피는 조심스럽게 다가와 삼풍호개에게 공손히 고개를 숙이며 인사했다.

"도와… 준 거… 고마… 워요."

한마디씩 더듬거렸지만 한어를 습득하는 그녀의 속도는 놀라울 정도였다.

태무악은 수피가 혼일방 무사들에게 붙잡혀 갈 때 어떤 사람이 도와주었다고 그녀에게 들었는데, 그 사람이 삼풍호개라는 것을 비로소 알게 되었다.

수피는 고개를 들고 살포시 미소를 지으면서 삼풍호개를 바라보았다.

지금 수피의 모습은 삼풍호개가 그녀를 처음 봤을 때의 모습. 즉, 피를 흘리면서 흐느끼며 처참하게 끌려갈 때와는 크게 달랐다.

눈앞에 다소곳이 서 있는 그녀는 눈이 부셔서 멀어버릴 만큼 아름다운 자태를 지니고 있었다.

그래서 삼풍호개는 감히 그녀를 똑바로 쳐다보지 못하고 적이 당황했다.

"벼… 별말씀을……."

수피는 태무악 옆에 서서 그의 팔을 가슴에 안듯이 두 팔로 붙잡고 삼풍호개를 바라보면서 방그레 미소를 지었다.

"이… 사람이에요. 그때 길… 에서… 나를… 도와준……."

삼풍호개는 태무악이 수피를 보면서 가볍게 고개를 끄덕이는데, 희미하지만 온화한 미소를 짓는 것을 발견하고 뜻밖이라는 표정을 지었다.

쇳덩이보다 더 차가운 태무악이 수피에게만큼은 조금이라도 인간적인 모습을 보이고 있었다.

그러나 태무악이 다시 삼풍호개를 쳐다볼 때에는 다시 원래의 무심한 표정으로 돌아가 있었다.

"너는 그만 가라."

축객이었다. 삼풍호개는 가장 중요한 물음, 즉 태무악이 누군지, 어째서 천중신군에게 쫓기는 것인지에 대해서 아직 물어보지 못했다.

하지만 지금은 적절한 기회가 아니라 생각하고 고개를 끄덕이고는 방을 나갔다.

수피는 태무악이 삼풍호개를 내쫓듯이 보내자 아주 잠깐 서운한 표정을 지었으나 곧 잊어버렸다.

태무악과 함께 있는 시간이 가장 행복한 그녀이거늘, 무엇이 그녀를 우울하게 만들겠는가.

그때 밖이 약간 소란스러운 것 같더니 뒤이어 상금이 조심스럽게 방으로 들어섰다.

"나리, 저희 가족이 도착했습니다."

허리를 깊숙이 숙이고 있는 그녀의 뒤로 앵화와 그녀의 부축을 받고 있는 앵화 아버지, 그리고 어린 두 동생의 모습이 보였다.

상금을 비롯한 그녀의 가족을 세상의 잣대로 재면 가장 비천하고 가난한 사람들이고, 태무악의 잣대로 재면 가장 착하고 다정한 사람들이다.

태무악이 돌 침상에 내려서고 있을 때, 방 안으로 들어와 일렬로 늘어선 상금과 그녀의 가족은 일제히 그를 향해 무릎을 꿇고 머리를 조아렸다.

"나리께서 저희 가족에게 베푸신 은혜는 정말…… 흑!"

상금은 흐느끼느라 말을 제대로 잇지 못했다.

아무도 거들떠보지 않았던 그녀 가족의 가난과 병을 태무악이 물리쳐 주었다.

그리고 절망에 빠졌던 그들을 거두어 앞으로는 행복해질 것이라는 믿음을 주었다.

예전에는 사람들도, 나라도, 신도 그들을 외면했었다.

그렇지만 이제는 태무악이 그들의 절대적인 신이 되었다.

태무악은 그들을 굽어보며 가볍게 눈살을 찌푸렸다.

"내가 가장 싫어하는 것 중에 하나가 누군가 내 앞에 무릎을 꿇는 거야."

상금과 그녀의 가족이 고개를 들어 그를 우러러보았다.

태무악의 인상이 조금 더 구겨졌다.

"이후 내게 무릎을 꿇으면 그 즉시 쫓아내겠다."

상금네 가족은 조심스럽게 일어섰다.

태무악은 앵화 아버지를 힐끗 보았다.

몸에 잔뜩 축적되어 있어서 생명까지 위협하던 납 성분을 깡그리 배출한 앵화 아버지는 그사이에 몰라볼 정도로 혈색이 좋아져 있었다.

물론 아직도 깡마르고 부스스한 모습이지만, 병의 근본적인 원인이 사라졌다는 것은 그에게 놀라운 기적을 일으켰다.

태무악과 눈이 마주치자 앵화 아버지는 습관적으로 급히 무릎을 꿇으려다가 앵화가 만류하는 바람에 정신을 차리고 공손하게 말문을 열었다.

"소인은 구당림(丘棠林)이라고 합니다. 나리의 하늘 같은 은혜를 갚을 길이 없으니… 이후 죽을 때까지 나리의 개와 말이 되겠습니다."

태무악은 냉랭하게 중얼거렸다.

"나는 비루먹은 개나 말은 필요없다."

이어서 상금에게 명령하듯이 말하고는 모두 나가라고 손을 털 듯이 까딱였다.

"오늘부터 식탁에서 고기가 떨어지지 않도록 하게."

상금네 가족이 나간 후 태무악은 돌 침상에 다시 올라가서 운공조식을 했다.

무이산에서 무공 연마를 하는 동안에 그는 한 가지 괄목할 만한 일을 해냈다.

원래 그는 무간옥에서 십이 년 동안 '천극무조'라는 심법으로 운공조식을 했었다.

그리고 부상을 입을 때마다 전설적인 명의 편작이 남긴 의서 난경에 수록된 '오화신경'이라는 치료법으로 오행지기를 모아 상처를 치료했었다.

그런데 그는 무간옥을 탈출하여 파양현 벽라촌 고향집으로 돌아가는 과정에서 오화신경을 심법으로도 사용할 수 있으며, 그럴 경우에 심신이 더할 나위 없이 상쾌해진다는 사실을 알게 되었다.

또한 오화신경으로 운공조식을 하다가 실로 우연치 않게도 벌모세수를 이루는 행운도 누렸었다.

그때부터 그는 계속 오화신경으로만 운공조식을 했다.

그러나 오래지 않아서 그는 오화신경의 한계에 부닥치게되어 그것을 그만두었다.

심신이 상쾌하기만 할 뿐이지, 내공이 조금도 증진되지 않는다는 중요한 사실을 깨달았기 때문이었다.

천극무조를 운공하면 내공 증진의 효과가 탁월하지만, 오화신경을 운공하면 심신이 상쾌하고 체내외적인 상태가 최고조에 이른다.

그래서 그는 무이산에 삼 년 동안 은거하면서 무공 연마를 하는 동안 틈틈이 이 문제에 대해서 깊이 있게 연구를 거듭했었다.

그리고 각고의 노력을 쏟은 결과 입산 일 년여 만에 결실을 거두었다.

천극무조와 오화신경의 장점만을 추려서 새로운 심법을 만들어낸 것이다.

그것이 바로 천극오화심결(天極五化心訣)이다.

천극무조는 무림 사상 가장 훌륭한 심법 중에 하나로써 수많은 사람으로부터 더 이상 흠잡을 데 없이 완전무결하다는 평가를 받았었다.

사실 천극무조를 태무악에게 가르쳐 준 사람은 대방찰이지만, 그녀는 물론이거니와 무간옥에서 그 심법을 배운 사람은 태무악이 유일하다.

이유는 간단하다. 심법구결이 너무도 난해하고 오묘하기 때문에 아무리 머리가 좋은 사람이라고 해도 이해하는 것 자체가 불가능하기 때문이다.

그러니 그보다 몇 배나 더 어려운 실기, 즉 운공조식 과정은 아예 꿈조차 꾸지 못한다.

대방찰은 태무악에게 천극무조의 구결을 가르쳐 주었을 뿐이지 풀이해 주지는 않았다. 아니, 못했다.

결국 태무악은 구결을 풀이하고, 이어서 운공조식까지 순전히 혼자 힘으로 해냈었다.

그런데 태무악은 나중에 천극무조가 부족하다고 느껴서 오화신경을 병행했으며, 결국에는 그것으로도 만족하지 못하고 두 개의 희대의 심법을 합쳐서 전무후무한 최상의 심법을 탄생시킨 것이다.

그는 지난 이 년여 동안 천극오화심결을 꾸준히 운공조식하는 동안 체내에 전혀 새로운 기운이 생성되고 있다는 사실을 깨달았다.

그 기운은 그가 천극무조를 통해서 축적한 내공하고는 전혀 상관이 없는 것이었다.

게다가 그 기운은 다섯 개나 됐다. 그래서 그는 일단 그 다섯 개의 기운에 오화별기(五化別氣)라는 이름을 붙였다.

이름에 다르다는 뜻의 '별(別)'을 쓴 이유는, 다섯 가지 기운이 제각각 판이한 성질을 갖고 있기 때문이었다.

분류하자면 뜨겁고[熱], 차가우며[冷], 무겁고[重], 부드럽고[柔], 단단한[鋼] 기운들이다.

원래 인체의 경맥(經脈)에는 상경(常經)과 기경(奇經)이 있으며, 손과 발, 즉 수족(手足)의 삼양삼음(三陽三陰) 십이경(十二經)을 상경이라 하고, 임(任), 독(督), 충(衝), 음유(陰維), 양유(陽維), 음교(陰蹻), 양교(陽蹻), 대(帶)의 팔맥(八脈)을 기경이라고 한다.

상경은 다른 말로 정경(正經)이라고도 한다. 살아 숨 쉬고 있는 인간의 모든 기능을 담당하기 때문이다.

인간의 기혈은 아침에 수태음폐경(手太陰肺經)에서 시작하여 족궐음간경(足厥陰肝經)까지 하루에 오십 회(回)를 쉬지 않고 운행한다.

그러다가 상경에서 기혈이 넘치면 기경으로 흘러들어 가 그곳에서 처리된다.

그러므로 기경의 작용도 상경에 못지않게 중요하다. 특히 임독양맥은 매우 중요하여, 상경에 이상이나 변동이 생겼을 때 가장 중요한 역할을 한다.

무공을 배우는 사람이 운공조식을 한다는 것은, 하루에 오십 회로 정해져 있는 인체의 기혈운행을 심법이라는 특수한 수법을 발휘하여 인위적으로 몇 차례나 더 상경의 십이경맥으로 강제 운행시키는 것을 말한다.

그렇게 하면 원래 생성되는 기(氣)보다 몇 배 혹은 몇십 배 많은 기가 발생하여 단전, 즉 기해혈(氣海穴)에 축적되는데, 그것이 곧 내공이 되는 것이다.

다시 말하자면, 운공이란 기혈을 상경의 십이경맥으로 강제로 운행시키는 것이다.

태무악도 예전에 천극무조와 오화신경의 구결대로 운공조식을 할 때에는 기혈을 상경으로만 운행시켰다.

아니, 그것은 자신이 그렇게 정해서 그렇게 되는 것이 아니라 인체의 구조가 원래 그렇기 때문에 운공조식을 하면 자연히 상경만 활용하게 된다.

그런데 이 년여 전에 그가 천극오화심결을 탄생시켜 그 방법으로 운공조식을 시작하자 놀랍게도 기혈이 상경은 물론이고 기경의 팔맥까지 넘나들면서 운행을 하는 것이었다.

그리고 천극오화심결로 운공조식을 한 지 얼마 되지 않아서 다섯 개의 새로운 기운이 생성된 것을 느꼈다.

그 다섯 가지 기운, 즉 오화별기는 기경의 임독양맥과 대맥을 제외한 나머지 다섯 개의 경맥에 축적되기 시작했다.

그리고 이 년이 지난 현재에는 그곳 오경맥(五經脈)에 제법 많은 오화별기가 축적되었다.

그렇지만 상경에 축적된 내공과는 달리 기경 중 오경맥에 축적된 오화별기는 그 양(量)을 측정할 수가 없었다.

또한 오화별기는 태무악의 체내에 생성, 축적되어 있을 뿐이지 특별히 하는 일이 없다.

천극오화심결을 운공조식하면 그의 백팔십 년 공력과 오화별기는 따로 상경과 기경을 운행한다.

그러나 절대 부딪치는 일이 없다. 내공이 상경을 운행하면 오화별기는 기경을, 내공이 기경을 운행하면 오화별기는 상경을 운행하기 때문이다.

태무악은 내공과 오화별기를 합치려고 여러 차례 시도해 봤지만 번번이 실패했다. 완전히 따로 놀기 때문에 도저히 합칠 재간이 없었다.

그래서 그는 오화별기를 몸 밖으로 발출, 무공으로 사용할 수는 없을까 하여 그 역시 무수히 시도해 봤으나 결국 실패, 요령부득이었다.

마침내 그는 오화별기를 발출하지 못하는 이유를 알아냈다. 오화별기가 아직 충만하지 않았기 때문이다.

그래서 계속 꾸준히 운공조식을 하여 더 많은 오화별기를 축적한다면 언젠가는 그것을 몸 밖으로 끌어내서 무공으로 활용할 수 있을 것이라고 믿게 되었다.

"후우……."

그는 연이어 두 차례 천극오화심결을 운공조식한 후 긴 한

숨을 토해내고는 돌 침상에서 내려와 저녁 식사를 하기 위해
방을 나섰다.

거실 한복판에는 커다란 둥근 탁자가 놓여 있고 많은 요리
들이 잔뜩 차려져 있었다. 그리고 요리의 절반은 여러 종류의
고기가 차지했다.

태무악이 식탁에서 고기가 떨어지지 않게 하라고 상금에
게 지시했기 때문이었다.

그런데 아까 방을 나갔던 삼풍호개는 가지 않고 탁자 앞에
앉아서 두 손을 비비며 군침을 흘리고 있었다.

그는 상금네 이삿짐 나르는 것을 돕고 여자들이 요리하는
것까지 돕겠다고 설레발을 피우는 과정에서 불과 반 시진도
되지 않아 모두와 친한 사이가 되어버렸다.

식탁에는 태무악과 그 옆에 수피, 그리고 맞은편에 삼풍호
개가 앉았다.

그리고 상금과 앵화가 시중을 들기 위해서 태무악의 좌우
에 다소곳이 서 있었다.

모두들 태무악이 먼저 요리에 손을 대기를 기다렸으나 그
는 잠시 침묵을 지키더니 이윽고 입을 열었다.

"다 함께 먹자."

상금과 앵화는 그의 말을 알아듣고 깜짝 놀랐으나 감히 가
족들을 불러오지 못하고 전전긍긍했다.

그러자 수피가 발딱 일어나 벌써 친해진 앵화의 손을 잡고

총총히 밖으로 나갔다.

"그것 봐. 내… 가… 모두 같이 밥 먹자니까. 어, 어서 데리러 가자."

잠시 후 식탁에 모두 둘러앉았다. 식탁이 커서 여덟 명이 둘러앉았는데에도 넉넉했다.

"헤헤… 이제 먹는 건가?"

삼풍호개는 군침을 흘리면서 젓가락을 집어 들었다.

그의 친화력은 정말 대단했다. 반 시진이라는 짧은 시간 동안에 그는 태무악을 제외한 모두와 흡사 가족인 것처럼 가까워졌다.

특기할 만한 일은, 그가 더러움과 악취로는 최상급인데도 아무도 그것을 문제 삼지 않는다는 사실이었다.

물론 앵화 가족은 삼풍호개에게 더러움과 악취를 느끼고 있을 것이다. 다만 그들의 선한 이해심과 친밀감이 그것을 상쇄시켜 주었다.

태무악은 운공조식을 하고 있는 중에도 삼풍호개가 가지 않았다는 사실을 알고 있었지만 내버려 두었다.

삼풍호개는 가장 먹음직스러운 돼지고기 조림으로 젓가락을 뻗다가 멈추었다.

태무악이 수저를 들 생각도 하지 않은 채 앵화의 어린 두 동생을 응시하고 있었기 때문이다.

태무악의 뜻을 짐작한 앵화가 자신의 옆에 나란히 앉은 두 동생, 즉 여동생과 그 밑의 남동생을 가리키며 조심스럽게 소개했다.

"제 동생인 구화군(具花君)과 구명건(具明乾)이에요."

태무악은 가볍게 고개를 끄덕이고는 앵화를 쳐다보았다.

영특한 앵화는 그가 왜 자신을 쳐다보는지 깨닫고는 가볍게 얼굴을 붉혔다.

"앵화는 기녀명이에요. 제 본명은 구홍랑(具洪娘)이에요. 나리께선 저를 홍랑이라고 부르세요."

그제야 비로소 태무악은 젓가락을 들며 입술을 뗐다.

"먹자."

식사 후에 삼풍호개는 태무악의 집을 나갔다가 한 시진 후 밤이 이슥해서야 돌아왔다.

앵화, 아니, 홍랑 모녀가 부지런히 술상을 차렸고 수피가 거들었다.

"현재 북경성 내에서는 여러 가지 중대하고 복잡한 일들이 벌어지고 있네. 거실로 나가세. 술 한잔하면서 무슨 일인지 설명해 주겠네."

천극오화심결로 운공조식을 하면서 오화별기에 대해서 여러모로 궁리하고 있던 태무악은 삼풍호개의 말에 귀도 기울이지 않았다.

그 후로도 삼풍호개는 몇 차례 더 태무악을 밖으로 불러내려고 했지만 그는 꼼짝도 하지 않았다.

결국 삼풍호개는 포기하고 거실 탁자 앞에 힘없이 앉아서 차려놓은 술도 마시지 않고 있는데, 그 모습을 본 수피가 살며시 태무악의 방에 들어가더니 잠시 후에 그의 팔을 붙잡고 밖으로 이끌고 나왔다.

그것을 보고 삼풍호개는 한 가지 사실을 알게 되었다. 냉혈한인 태무악이 그래도 수피에게는 많이 양보하고 있다는 사실이었다.

"북경성 외곽을 무려 삼만 명의 무림고수가 포위하고 있으며 그 바깥쪽을 칠만 명의 군사들이 또 포위하고 있네."

술이 몇 순배 도는 동안 삼풍호개는 지금껏 북경성을 중심으로 열 개의 포위망이 겹겹이 쳐져 있었고, 갑자기 그 포위망들이 빠르게 좁혀들어 현재는 북경성만을 남겨둔 상태라는 것을 차근차근 설명해 주었다.

태무악 양옆에는 수피와 홍랑이 다소곳이 앉아서 정성껏 시중을 들었고, 맞은편에 앉은 삼풍호개는 혼자 술을 마셨으나 자신의 시중을 들어주는 사람이 없다는 것을 조금도 불평하지 않았다.

아니, 오히려 그는 누가 자신의 시중을 들까 봐 노심초사하는 듯한 모습이었다.

삼풍호개의 먹성은 흡사 도철(饕餮)과도 같아서 술과 요리를 끊임없이 먹어댔다.

상금은 주방에서 계속 여러 가지 요리를 하여 날랐으며, 삼풍호개는 최고의 요리라고 칭찬을 아끼지 않으면서 젓가락질을 멈추지 않았다.

그러면서도 입에서 음식 부스러기를 뱉어내며 천존의 동향에 대해서 꾸준히 설명했다.

꼿꼿하게 앉은 태무악은 천천히 술을 마시면서 한마디도 하지 않고 듣기만 했다.

그러다가 문득 홍랑을 보며 물었다.

"네 아버지는 무얼 하고 있느냐?"

"방에서… 책을 읽고 계세요."

홍랑이 깜짝 놀라 공손히 대답했다.

"이리 와서 우리와 함께 술을 마시자고 해라."

홍랑은 물론 때마침 탁자에 요리 그릇을 내려놓던 상금까지도 화들짝 놀랐다.

그렇지만 두 여자는 태무악이 일단 말을 꺼내면 절대 거역할 수 없다는 사실을 잘 알고 있다.

오지 않겠다고, 아니, 절대 하늘 같은 존재인 태무악하고 술까지 마실 수는 없다고 버티는 구당림을 수피가 가서야 겨우 데리고 올 수 있었다.

가시방석인 양 자리에 앉아 있는 구당림은 물론이고, 태무악의 좌우에 서 있는 상금, 홍랑까지도 전전긍긍 어쩔 줄을 몰라 했다.

그러나 그들을 진정시킨 태무악의 말은 그리 길지 않았다.

"사람은 누구나 다 똑같다. 높고 낮음 같은 것은 없어."

그러자 모두들 여러 가지 표정으로 태무악을 주시했다.

놀라움과 감동 등의 복잡한 표정이었지만, 잠시 후에는 모두의 표정이 하나로 통일되었다.

수긍이었다. '사람은 다 똑같다' 라는 말에 대한 무조건적인 이해와 수긍인 것이다.

수피와 삼풍호개는 그 말이 구당림네 가족만이 아니라 자신들에게도 적용된다는 사실을 깨달았다.

수피와 구당림네 가족은 그제야 비로소 태무악이 어째서 자신들에게 그토록 큰 은혜를 베풀었는지를 어렴풋이나마 알게 되었다.

삼풍호개는 눈을 빛내면서 깜빡이지도 않은 채 태무악을 주시했다.

그 역시도 단단한 소라 껍데기에 싸여 있는 태무악이란 존재를 비로소 아주 조금 알 것 같은 표정을 지었다.

조금이지만, 그것은 또한 대단히 큰 깨달음이기도 했다.

第四十三章

후계(後繼)

大武神 대무신

　거나하게 취한 삼풍호개가 값비싼 미주(美酒)의 주향을 입에서 폴폴 풍기며 설명했다.

　"성 밖을 포위하고 있는 무림인과 군사들을 총지휘하는 인물은 천봉후(天鳳后)일세."

　탁자 둘레에 앉아 있는 모든 사람들이 술을 마셨고 어느 정도 취기가 오르자 긴장을 풀고 화기애애해졌다.

　태무악 오른쪽에 앉은 수피와 왼쪽에 앉은 홍랑은 태무악을 사이에 두고 술잔을 부딪치면서 조잘거리고 깔깔거리면서 벌써 열 잔 이상의 술을 마셨다.

　모든 것이 판이하게 다르기만 한 두 소녀는 오늘 처음 만났으나 마치 친자매처럼 가까워져서 쉴 새 없이 참새처럼 떠들었다.

홍랑의 왼쪽에 앉은 상금과 그 옆에 나란히 앉아 있는 그녀의 남편 구당림은 옛날의 괴로움을 다 잊은 듯 서로 몸을 기대고 미소를 교환하면서 술잔을 나누었다.

그리고 삼풍호개는 끊임없이 술을 마시면서 북경성을 중심으로 한 천존 세력의 정세에 대해서 설명을 했고, 그의 정면에 앉은 태무악은 꼿꼿한 자세로 앉아 이따금씩 술잔을 입에 대며 얘기를 들었다.

탁자에 둘러앉은 여섯 사람이 세 패로 나누어 패패이 떠들어대면서 와자지껄했지만 아무도 신경을 쓰지 않았다.

"천봉후는 태상사사자 중에 한 명인 주작사자일세. 강호에서는 그녀를 천봉후라 부르지. 그녀는 주작세림(朱雀勢林)의 주인이기도 하네."

삼풍호개는 조금 전에 백호사자가 수하들을 이끌고 통천군림보에 자리를 잡았다고 말했었다.

그렇다면 이제 태상사사자 중에 두 명이 북경성에 출현을 한 것이다.

삼풍호개가 설명을 시작한 이후 태무악은 줄곧 한마디도 입을 열지 않았다. 굳이 물을 필요가 없이 설명을 잘하고 있기 때문이다.

태무악은 일부러 말을 아끼는 사람이 아니다. 궁금한 것이 있다면 언제라도 묻는다.

그는 다만 보통 사람들과는 달리 침묵하는 것에 익숙한 습관을 갖고 있을 뿐이다.

그래도 지금의 그는 삼 년 전에 무간옥을 막 탈출했을 시기보다는 훨씬 나아진 상태라서 이따금 필요한 말을 하는 편이다.

삼풍호개는 탁자에 놓인 마지막 술병으로 팔을 뻗었다. 그러나 그 술병을 먼저 잡고 있는 투명할 정도로 희고 고운 손을 발견하고 움찔 팔을 움츠렸다.

수피는 삼풍호개의 손을 발견하지 못하고 술병을 가져다가 자신과 홍랑의 잔에 술을 따랐다.

삼풍호개는 설명을 잇지 않고 일부러 큰 동작으로 두리번거렸다. 탁자에 술이 없다는 것을 상금에게 알리기 위한 몸짓이었다.

남편과 담소를 나누면서도 술자리에 필요한 것이 없는지 신경을 쏟고 있던 상금은 삼풍호개의 몸짓을 즉시 알아차리고 급히 주방으로 달려갔다.

삼풍호개는 그것을 보고서야 빙그레 미소 지으며 다시 설명을 시작했다.

"주작사자가 지배하고 있는 세력을 주작세림이라고 하네. 대표적인 것으로는 비봉단(飛鳳團)과 화라련, 보연궁(寶燕宮)이 있지. 그중에서 비봉단과 화라련은 무림십비(武林十秘)에

속해 있네."

그는 상금이 한 아름 가져와 탁자에 내려놓는 술병들을 향해 손을 뻗으면서 생기 넘치는 목소리로 말을 이었다.

"무림에서 가장 신비한 조직 열 곳을 무림십비라고 하네. 궁금한 것이 있으면 무엇이라도 물어보게."

태무악은 묻는 것 대신 술잔을 입에 댔다.

삼풍호개는 고개를 끄덕였다.

"비봉단과 화라련, 보연궁이 궁금하겠지. 비봉단은 주작사자의 친위대로 삼십 명의 비봉검수(飛鳳劍手)로 이루어졌으며 각자는 초일류고수일세. 화라련은 백 명의 화라선녀로 구성되었으며 비봉단 아래이고, 보연궁은 천하의 알짜배기 주루와 기루, 전장(錢莊) 천여 개를 거느리고 있으며, 소문에 의하면 보연궁이 돈줄을 죄면 천하 상계가 그 즉시 마비된다고 하네. 그리고 또 한 가지. 보연궁의 수입으로 거대한 천중신군이 운영되고 있다네."

그는 술병을 들어 입으로 가져가려다가 가볍게 미간을 좁히면서 다시 내려놓았다.

내색하지 않으려고 애쓰는 것 같았지만 그의 얼굴에는 긴장이 깔려 있었다. 이제부터 말하려는 것이 매우 중대하다는 의미다.

"청룡사자와 현무사자도 자신들의 친위대를 이끌고 오늘 저녁에 북경성에 도착했네. 현재 모두 통천군림보에 있네."

그 말에 여태까지 아무런 반응을 보이지 않던 태무악이 고개를 들고 눈에서 흐릿한 광채를 발했다.

삼풍호개는 그 안광이 살기라고 판단했다.

그때부터 삼풍호개는 술을 입에 대지 않았다. 대신 진지한 표정으로 태무악의 얼굴을 뚫어지게 주시했다.

"두 가지만 묻겠네. 자네가 대답해 주었으면 좋겠군."

그렇지만 태무악의 표정은 다시 조금 전의 무표정으로 돌아가서 난공불락의 요새처럼 견고해졌다.

수피와 홍랑, 상금 부부가 자기들끼리 대화를 나누느라 여전히 소란스러웠으나 태무악과 삼풍호개 사이에 흐르고 있는 긴장감에는 조금도 영향을 미치지 못했다.

삼풍호개는 물러서지 않겠다는 각오를 보여주겠다는 듯한 표정을 지었다.

"천존의 최측근인 태상사사자가 모두 북경성에 모여든 이유를 자네는 알고 있을 것 같은데, 내 짐작이 틀렸나?"

삼풍호개가 술을 마시지 않는 것에 반해서 태무악은 그 물음을 듣고서도 세 잔이나 술을 더 마신 후에야 이윽고 중얼거리는 듯한 목소리로 말문을 열었다.

"내가 불러들였다."

삼풍호개의 표정이 더 굳어졌다.

"어떤 방법을 썼나?"

"내가 명정루에 있는 백호사자의 수하 삼십사 명을 죽였기 때문이다."

태무악은 마치 점심에 무엇을 먹었는지 설명하는 것처럼 아무렇지도 않게 나직이 중얼거렸다.

원래 명정루에는 삼십 명이 있었지만, 나중에 백호오령과 두 명의 백호추령이 강탁을 제압해서 들어왔다가 죽었고, 그 후에 삼풍호개를 데려온 백호추령까지 죽었으니 추가로 네 명이 더 늘어난 것이다.

삼풍호개는 너무 놀라서 아무 말도 못하다가 한참이 지나서야 신음처럼 중얼거렸다.

"맙소사…… 사, 삼십사 명씩이나……."

그는 너무 놀라서 입을 쩌억 벌렸다.

그러고도 삼풍호개는 놀라움을 삭이느라 한참 동안 눈을 껌뻑거리고 한숨을 푹푹 내쉬었다. 물론 술을 마실 생각조차 하지 못했다.

그는 명정루에서 백호고수를 죽이고 자신과 강탁을 구한 일에 태무악이 어떻게든 연관이 있을 것이라고 예상했을 뿐, 그가 두 명의 백호고수를 직접 죽이지는 않았을 것이라는 결론을 내렸었다.

그런데 방금 그가 들은 말은 꿈에서조차 상상하지 못했던 엄청난 일인 것이다.

삼풍호개는 묵묵히 술을 마시고 있는 태무악을 눈을 껌뻑거리면서 쳐다보았다. 술꾼인 그가 술 마시는 것마저 잊어버릴 만큼 놀라고 있었다.

그렇지만 태무악이 거짓말을 했다는 생각은 조금도 들지 않았다.

삼풍호개는 젊은 나이지만 보통 사람들이 삼생(三生)에 걸쳐서 할 만한 경험을 두루 터득했기 때문에 사람 보는 눈만큼은 정확하다고 자부한다.

그의 경험에 의하면, 태무악처럼 말하기를 귀찮아하거나 꼭 해야 할 말만 하는 사람은 거짓말을 하느니 아예 입을 다무는 편이다.

거짓말이 싫어서가 아니라 아예 못하거나 구태여 할 필요가 없기 때문이다.

삼풍호개가 처음 태무악을 만났던 주루에서 한 끼 식사와 술을 얻어먹었을 때에는 그저 태무악이 허우대가 멀쩡하고 잘해봐야 약간의 무공을 지니고 있는 정도의 수준일 것이라고 짐작했었다.

그 후에 태무악이 한두 차례 보여준 놀라운 재주를 보고는 최소한 삼풍호개 자신을 능가하는 고수일 것이라고 생각을 고쳤었다.

그런데 이제는 세 번째로 생각을 고칠 수밖에 없다. 태무악은 삼풍호개의 사부인 개방 방주를 훨씬 능가하는 수준인 것이다.

문득 삼풍호개는 한 가지 의문이 생겼다. 태무악이 명정루에서 백호고수 삼십사 명을 죽인 것이 굉장한 일인 것만은 분명하지만, 그 정도로는 태상사사자가 한꺼번에 북경성에 몰려든 이유를 설명하기에 부족했다.

그만한 일이라면 아마 백호사자의 최측근인 백호십위 중 한 명이 출현하여 해결하면 적당할 터이다. 즉, 백호사자 한 명조차도 나타나지 않을 것이라는 얘기다.

그만큼 태상사사자는 무림에서 지대한 영향력을 지니고 있는 거물들인 것이다.

삼풍호개는 태어나서 지금처럼 놀라기는 처음이다.

그렇지만 놀랐다고 해서 영활하기 짝이 없는 그의 두뇌가 정지한 것은 아니다.

놀라고 있는 중에도 그의 두뇌는 왕성하게 활동했고, 오래지 않아서 한 가지 결론을 이끌어냈다.

그는 어느 때보다도 침착하고 진지한 얼굴로 태무악을 주시하며 한 자 한 자 또박또박 입을 열었다.

"태상사사자는 자네 때문에 모인 것 같군. 대답해 주게. 자넨 누군가?"

그것이 삼풍호개의 결론이었다. 태무악이 어떻게든 태상사사자와 깊은 연관이 있을 것이라고 생각한 것이다.

그의 말에 거짓말처럼 수피와 홍랑, 상금 부부의 대화가 뚝 끊어졌다.

'자넨 누군가?' 라는 말이 모두의 고막 속에서 커다란 범종을 두드린 것처럼 크게 들렸기 때문이다.

태무악은 모두의 시선을 받으면서도 천천히 자신의 술잔에 술을 따랐다.

삼풍호개는 어떻게든 그의 입을, 아니, 마음을 열고 싶었다. 그는 두 손을 모으고 진지하게 말했다.

"태상사사자가 모두 모였다는 것은 자네가 그들에게, 아니, 천존에게 매우 중요한 인물이라는 뜻이네. 태상사사자는 천존의 명령에만 움직이니까 말이야."

태무악이 술을 마시는 것을 보면서도 삼풍호개는 술을 마시고 싶다는 생각이 전혀 들지 않았다.

"내 짐작이 맞는다면, 자넨 천존을 상대하려는 것이 분명하네. 하지만 알아둬야 할 것이 있네. 자네가 아무리 날고 기는 절정고수라고 해도 지금 자네의 능력으로는 천존을 죽일 수 있는 확률이 천분의 일도 안 되네. 천존을 죽이는 것은, 아니, 태상사사자 중에 한 명이라도 죽이는 것은 무공만으로 되는 것이 아니니까, 어쨌든 그것만은 장담하네. 천존은 말 그대로 무림의 하늘이고, 하늘을 죽일 수 있는 사람은 결단코 아무도 없네."

평소에는 아무 생각도 하지 않는 것처럼 허랑방탕하게 행동하던 삼풍호개였으나, 지금은 그런 모습을 조금도 찾아볼 수가 없었다.

이윽고 태무악은 술잔을 내려놓고 무심한 눈빛으로 삼풍

호개를 쳐다보았다.

그의 말을 들으니까 문득 염제가 커다란 거목의 무성한 나뭇잎들을 가리키면서 무간옥이 나뭇잎 하나에 불과하다고 말했던 것이 생각났다.

태무악이 독단적이고 냉정하기는 하지만 결코 무지한 사람은 아니다.

"그리고 이것 하나를 더 알아두게. 천하에서 천존을 죽이고 싶어하는 사람이 자네 하나만은 아니라는 사실을."

태무악의 얼굴에 잔물결 같은 흔들림이 일었다. 굳이 해석하자면 '뜻밖'이라는 표정이었다.

"그들을 이용하게 되면 천존을 죽일 확률이 백분의 일 정도로 높아질 걸세.'

그는 '그들을 이용하게 되면'이라고 말했다. 그리고 그것은 어느 정도 그의 진심이었다.

성공 확률적으로 천분의 일이나 백분의 일은 똑같이 성공하지 못한다는 공통점이 있다.

그러나 실패 확률적으로 구백구십구와 구십구의 실패는 큰 차이가 있다.

"자네가 누구인지, 그리고 태상사사자가 무엇 때문에 자네를 중요하게 여기는 것인지를 알면 무슨 길이 보일 것 같은 생각이 드는군."

태무악은 삼풍호개에게서 시선을 거두고 약간 고개를 숙

인 채 술잔을 만지작거렸다.

"태상사자를 북경성으로 끌어들인 다음에는 어떻게 할 계획이었나? 설마 그들 수만 명을 자네 혼자서 상대할 생각이 었나?"

삼풍호개의 물음에 태무악은 여태까지와는 다른 반응을 보였다. 가볍게 고개를 끄덕인 것이다.

삼풍호개는 그가 반응을 보였다는 사실이 기뻤다. 하지만 내색하지 않았다.

그러나 그가 수만 명, 아니, 십만 명에 육박하는 적들을 혼자서 상대하려고 했다는 것에 어이가 없다 못해서 실소가 흘러나왔다.

"이봐, 모 형. 이곳에 모여든 수만 명 대부분은 천존의 대천색령에 불려 나온 죄없는 사람들일세. 그들을 닥치는 대로 다 죽이겠다는 겐가?"

태무악은 거기까지는 생각하지 않았다. 생각할 필요가 없었다. 천존을 돕는 자들이라면 깡그리 죽여 버리겠다고 맹세한 그가 아닌가.

삼풍호개가 그들이 죄없는 사람들이라고 말해도 태무악의 마음은 변하지 않는다. 그들이 스스로 물러나지 않는 한 죽일 것이다.

삼풍호개는 말을 약간 바꾸었다.

"그들이 죄가 없으니까 살려주자는 말이 아니라, 힘들여서 그들까지 죽일 필요가 없다는 뜻이네. 진짜로 상대해야 할 자들은 태상사사자와 그들의 직속 수하들이니까."

그 말에는 태무악도 어느 정도 수긍을 했다. 하지만 어느 누구든 자신의 앞길을 막는 자는 가차없이 죽이겠다는 원래의 마음은 변함이 없었다.

삼풍호개는 때 긴 새카만 두 손을 가지런히 탁자 위에 올려놓고 조용히 입을 열었다.

"자, 말해보게. 자넨 누군가?"

어이없게도 그는 태무악이 대천색령의 표적이라는 사실을 알고 있는 지금 이 순간에도 그가 옥선이 애타게 그리워하고 있는 바로 '그 남자'라는 사실까지는 깨닫지 못하고 있었다.

옥선이 대천색령의 표적이 자신의 남자라고 분명히 말했는데도 말이다.

아마 너무 큰 충격이 잠시 그의 기억력을 흔들어놓았든지, 아니면 옥선의 남자가 영원히 나타나지 않기를 간절하게 바라는 마음이 잠재의식 속에 깊이 깔려 있기 때문인지도 모르는 일이다.

이윽고 태무악이 덤덤한 목소리로 일각에 걸쳐서 자신에 대한 설명을 마쳤을 때, 홍랑과 상금은 탁자에 엎드려 흐느껴 울었고, 구당림은 대경실색한 표정으로 태무악을 멍하니 쳐다보기만 했다.

태무악이 마치 남의 얘기를 하듯 무심한 표정과 어조로 덤 덤하게 설명해 준 그의 신세는, 인간의 상상력이 미치지 못할 정도로 비참하고 가혹한 것이었다.

그의 설명을 들은 사람들은 처음에는 그의 말을 믿지 못하 는 표정이었다.

그러나 그것이 거짓말이나 꾸며낸 이야기가 아니라는 것 을 그들은 오래지 않아서 알게 되었다.

태무악이 회옥산에서 수천 명의 추격대를 피하기 위해 땅 속으로 숨어들어 석 달 동안 물 한 모금 마시지 않고 견뎠다 는 대목에서는 모두들 자신의 귀를 의심하는 표정을 지으면 서도 참담한 마음을 금치 못했다.

그리고 마침내 태무악이 고향집 청은장에 도착하여 부모 님의 무덤을 발견하고, 유모에게 부모님이 어떻게 돌아가셨 는지에 대해서 듣는 대목에서는 모두들 가슴이 갈가리 찢어 지는 슬픔을 느끼며 목을 놓아 흐느껴 울었다.

평소에 스스로 목석 같은 남자라고 자처하던 삼풍호개마 저도 주먹으로 눈두덩을 문지르고 탁자를 두드리면서 '천존 개새끼!'를 연발했다.

모두의 눈에는 태무악이 전혀 다르게 보였다. 무뚝뚝하고 차갑게만 여겨졌던 그에게 그런 뼈아픈 슬픔과 고통의 세월이 있었다는 사실을 알고 나서는 그가 한없이 가련하고 대견하 게 여겨진 것이다.

비록 어린 나이의 태무악이지만, 그는 하나의 피 어린 역사이며 또한 기적(奇蹟)이었다.

수피는 말귀를 거의 알아듣지 못했지만 너무도 슬프게 흐느끼는 홍랑과 상금을 보고는 무슨 불길한 상상을 했는지 갑자기 태무악에게 쓰러지듯 안기며 그를 꼭 끌어안고 울음을 터뜨렸다.

그러나 어느 한순간, 삼풍호개는 완전히 넋을 잃어버렸다.

아니, 아예 눈을 뜬 채로 혼절을 했다는 표현이 옳을 정도의 모습이었다.

그만큼 그의 충격은 컸다.

왜냐하면, 자신의 목숨 백 개보다도 더 소중한 옥선이 그토록 그리워하는 남자가 바로 태무악이라는 사실을 비로소 알았기 때문이다.

태무악이 자신의 이름을 밝히고 또 대천색령의 표적이라고 말했을 때 삼풍호개는 하마터면 비명을 지를 뻔했었다.

그리고 태무악이 무간옥을 탈출하여 도주하는 과정에서 한 소녀를 만나 함께 수많은 생사의 고비를 넘겼다는 설명을 했을 때에, 삼풍호개는 그 소녀가 바로 옥선이라는 사실을 깨달았다.

며칠 전에 옥선은 자신이 사랑하는 남자의 이름이 태무악이며, 그가 어떤 신분인지, 그리고 대천색령의 표적이 바로 그라고 삼풍호개에게 설명을 해주고 또 그를 찾아달라고 부탁을 했었다.

그런데 삼풍호개가 근래 들어서 가장 자주 만나고 또 가깝게 지내는 '모 형'이 바로 태무악이었을 줄이야 꿈에서조차 상상하지 못한 일이었다.

삼풍호개는 비틀거리면서 일어나 마당으로 나가 조그만 연못가에 무너지듯이 주저앉았다.

그가 말로는 설명할 수 없을 정도로 놀란 것은 사실이지만, 지금 그는 다른 것 때문에 더 놀라고 있는 중이었다.

사실 옥선의 사랑하는 남자를 찾았다면 당연히 기뻐해야 마땅한 일이다.

그런데도 그는 기쁜 마음이 눈곱만큼도 들지 않았다. 오히려 당황과 절망을 느끼고 있었다. 그래서 그 사실 때문에 놀라고 있는 것이었다.

"마, 말도 안 돼. 내… 내가 설마 옥선을……."

마음속으로 옥선을 사랑하고 있었던 것이 아니라면 지금 그에게서 일어나고 있는 반응을 설명할 방법이 없다.

그동안 그가 옥선에게 품고 있었던 것은 존경과 흠모가 아니라 사랑이었던 것이다.

"이… 이런 미친놈……."

옥선을 사랑하고 있었다니, 자신이 생각해도 미치지 않고는 불가능한 일이다.

그는 그렇게 자신을 질책하면서 시간 가는 줄 모르고 앉아 있었다.

　　　　*　　　　　*　　　　　*

　　통천군림보 명정루 오층에 태상사사자 네 명이 모두 모여 있었다.

　　탁자에 둘러앉은 태상사사자에게서 약간 떨어진 곳에는 '명정루 사건' 이라고 이름 붙여진 이번 사건의 조사 책임을 맡은 백호일위가 시립한 듯한 자세로 서 있었다.

　　원래 태상사사자 네 명은 서열 같은 것 없이 네 명 모두 똑같은 이인자들이다.

　　하지만 삼 년 전의 대천색령이 그랬듯이 이번 대천색령의 총지휘를 맡은 사람은 백호사자다.

　　그것에는 별다른 의미는 없다. 그가 거느리고 있는 휘하 조직 중에 무간옥이 있고, 표적이 무간백구호라는 단순한 이유 때문이다.

　　강호에서 벽력제(霹靂帝)라는 별호로 불리는 백호사자와 낙성검(落星劍)인 청룡사자, 천봉후 주작사자, 패곤황(覇棍皇) 현무사자는 그윽한 다향을 풍기는 차를 마시면서 여유있는 모습이었다.

　　이들 네 인물은 지난 삼십 년 동안 천존을 모시면서 매년 정월에 정기적으로 한차례 회합을 갖는다.

그러나 예외가 두 번 있었다. 첫 번째는 삼십 년 전에 이들 네 명이 천존에게 태상사사자의 지위를 받을 때였고, 두 번째는 삼 년 전에 무간백구호를 잡기 위해서 대천색령이 발동되었을 때였다.

이번이 세 번째다. 그리고 이번 회합 역시 무간백구호 때문이다.

그런데 태상사사자들은 조금도 경직된 모습이 아니었다.

오히려 더없이 여유로운 자세와 표정으로 다향을 음미하면서 청룡사자는 지그시 눈까지 감았고, 주작사자는 차를 마시며 열어놓은 창밖의 밤하늘을 바라보고 있었다.

"그러므로 속하는 이곳 명정루에 있던 삼십사 명이 모두 죽었으며, 흉수는 무간백구호라는 결론을 내렸습니다."

이윽고 백호일위가 정중한 어조로 마지막 결론을 내렸다.

그는 백호이위부터 백호십위까지 아홉 명을 이끌고 오늘 하루 동안 꼬박 명정루를 일층부터 오층까지 이 잡듯이 샅샅이 조사했다.

그리고 그것들을 요약하여 반 시진에 걸쳐서 태상사사자에게 보고를 했고, 방금 최종 결론을 내렸다.

탁!

현무사자 패곤황이 찻잔을 내려놓으며 백호일위에게 시선을 던지며 굵직하고 우렁우렁한 목소리로 나직이 입을 열었다.

"백호일위, 발견된 시체 열여덟 구 외에 열여섯 구를 무간백구호가 극양지기로 녹여 버렸다는 것이 틀림없느냐?"

백호일위는 공손히 대답했다.

"속하들이 명정루 각 층의 열여섯 장소 바닥에서 사람의 몸이 녹은 혈수(血水)가 증발한 자국을 발견했으니 틀림없을 것입니다."

"틀림없을 것이라는 말로는 부족하다."

백호일위는 급히 고개를 숙였다.

"틀림없습니다."

다른 사람들은 편안한 자세로 취하고 있는데, 오직 현무사자만이 커다랗고 완강한 체구를 꼿꼿하게 세우고 앉은 채 부리부리한 눈으로 백호일위를 주시하고 있었다.

"무간백구호가 무슨 수법으로 극양지기를 일으켰느냐?"

"음양극정화입니다."

백호일위는 음양극정화라고 추측을 했지만 현무사자 앞에서는 단정적으로 대답했다.

추측은 나중에 틀렸을 경우 빠져나갈 구멍이 있으나, 단정은 그렇지 못한다는 차이가 있다.

현무사자는 그만큼 철저한 조사를 요구하고 있는 것이다.

"시체가 보존된 열여덟 구는 어떤 수법에 당했느냐?"

그가 예리하게 질문을 하고 있는데도 다른 세 명의 사자는 자세를 바꾸지 않은 채 여전히 여유있는 모습이었다.

백호일위는 미리 준비하고 있었다는 듯 즉시 대답했다.

"다섯 명이 광속참, 세 명이 사혼검법, 네 명이 마종신권, 두 명이 만승쇄라수, 두 명이 전린부. 그리고 마지막 두 명이 적혼지에 당했습니다."

방금 그의 입에서 흘러나온 무공들은 하나같이 당금 무림에서는 눈을 씻고도 찾아볼 수 없는 전대(前代)의 가공할 절기들이었다.

여섯 종류 무공 이름을 들은 현무사자의 짙은 눈썹이 가볍게 찌푸려졌다.

"놈이 사용하는 무공이 무간옥의 허접한 잡공이 아니라 하나같이 전대의 절학들이 아닌가?"

또한 각기 다른 자세를 취하고 있던 세 명의 사자들도 비로소 백호일위를 쳐다보았다.

그들이 방금 들은 여섯 종류 무공은 그만큼 대단한 것이고, 그것들을 모두 한 사람이 전개했다는 사실은 더 충격적인 일이기 때문이다.

산뜻한 청삼 차림에 준수하고 청수한 중년 문사의 모습인 청룡사자가 손가락으로 자신의 손등을 가볍게 두드리면서 백호일위를 쳐다보았다.

"무간백구호의 내공 수위는 파악했느냐?"

이번에도 백호일위는 즉시 대답했다.

"이 갑자입니다."

그는 자신이 직접 무간백구호의 내공 수위를 측정한 것처럼 정확하게 대답했다.

청룡사자는 가벼이 의아한 표정을 지으며 시선을 백호사자에게 주었다.

"벽력제, 그 정도로 뛰어난 성취를 이룬 아이가 어째서 계속 무간옥에 있었소?"

무간옥에서 가르치는 무간자와 무간낭자들이 일정한 수준에 이르면 회명부로 보내져서 회명자로 만든다는 사실을 태상사사자는 잘 알고 있다.

청룡사자는 생각하는 듯한 얼굴로 말을 이었다.

"그 아이가 전설의 오행신체이고 주군께서 각별한 관심을 쏟으셨다면 어느 정도의 성취를 이룬 후에도 회명부로 보내지는 않았을 테고, 마땅히 주군께서 어떤 조치를 취하셨을 것이 아니오?"

백호사자는 팔짱을 끼고 진중한 표정으로 대답했다.

"주군께선 그 아이가 일 갑자 내공에 열 가지 무공을 완벽하게 익히게 되면 거두실 계획이셨소."

"거둔다는 것은 설마 주군께서 그 아이를 제자로 거두신다는 뜻이오?"

백호사자는 고개를 끄덕였다.

"그런 뜻이 아니겠소?"

세 명의 사자는 처음 알게 된 사실에 적이 놀라는 표정을 지었다.

주군, 즉 천존이 무간백구호에게 관심이 많다는 사실은 삼 년 전에 알게 되었으나 설마 제자로 거두려는 생각일 줄은 몰랐었다.

천존에게는 이미 한 명의 제자가 있다. 그런데도 또 한 명의 제자를 거두려는 것은 대체 무슨 뜻일지 세 명의 사자는 침묵하면서 생각에 잠겼다.

잠시 후 주작사자가 찻잔을 만지작거리면서 혼잣말처럼 중얼거렸다.

"주군께서 천풍대공(天風大公)을 후계자로 결정하신 것은 틀림이 없는데 어째서 또 한 명의 제자를 거두시려는 것인지 모르겠군."

태상사사자는 천존의 한 명뿐인 제자 천풍대공이 후계자라는 사실에는 이견이 없다.

"흠! 천봉후는 지금 천지(天志)에 의문을 품는 대죄를 저지르려 하고 있소이다."

그때 현무사자가 나직이 헛기침을 하며 묵직하게 말하자 주작사자는 가볍게 움찔하더니 명랑한 교소를 터뜨렸다.

"호호홋! 내가 천지에 의문을 품다니, 무슨 소리예요? 나는 단지 궁금했을 뿐이에요."

천지란 하늘의 뜻, 즉 '천존의 뜻'이다.

"그게 그 말이 아니겠소?"

사실은 그게 그 말이다.

그것을 알고 있는 주작사자는 예쁜 입술을 삐죽거리며 슬쩍 현무사자를 흘겼지만 그는 못 본 체 화제를 바꿔 본론으로 들어갔다.

"너는 방금 무간백구호의 내공 수위가 이 갑자라고 하지 않았느냐?"

그의 물음에 백호일위는 공손히 고개를 숙였다.

"그렇습니다."

현무사자는 다시 백호사자를 쳐다보았다.

"그런데 당신은 방금 전에 무간백구호의 내공 수위가 일 갑자가 되면 주군께서 거두신다고 말하지 않았소?"

"그렇소."

"나는 무간백구호의 내공이 무간옥을 탈출한 이후 불과 삼 년 만에 일 갑자나 증진됐다고 생각하지 않소. 그 말은 무간 백구호가 무간옥에 있을 때 이미 일 갑자를 크게 상회하는 내공 수위였다는 것이오. 그런데도 어째서 주군께 보내지 않았던 것이오?"

백호사자는 담담하게 설명했다.

"내공 측정을 할 때마다 그 아이가 자신의 내공 수위를 속였던 것 같소."

"속인다? 그게 가능하다고 생각하시오? 지금 내가 벽력제 당신의 맥을 잡고 내공 측정을 하면 당신이 속일 수 있다고 생각하시오?"

백호사자는 고개를 가로저었다.

"못하오."

현무사자는 미간을 좁혔다.

"그런데 그 당시에 열다섯 살이었던 그 아이가 내공을 속였다는 것을 지금 변명이라고 하는 것이오? 그 아이가 열여덟 살인 현재 이 갑자 내공이라면 최소한 십이 세 때에 일 갑자 이상이었을 것이라는 계산이오."

백호사자는 표정과 자세를 흐트러뜨리지 않은 채 대답했다.

"그렇다면 패곤황 당신은 현재 십팔 세인 무간백구호가 광속참과 사혼검법, 전린부, 마종신권, 적혼지, 그리고 음양극정화를 자유자재로 전개하고 있는 것에 대해서는 어떻게 생각하시오?"

태상사사자는 태산을 허물고 바다를 가를 정도의 엄청난 무위를 지니고 있지만, 태무악처럼 십팔 세 나이에 전대의 절학 대여섯 개를 터득할 정도는 아니다.

"무슨 말을 하고 싶은 것이오?"

현무사자는 설마 자신이 무엇인가 놓친 것이 있는가 하고 잠시 생각하다가 끝내 뜻을 이루지 못하자 검미를 찌푸리며 물었다.

백호사자는 딱히 현무사자 한 사람에게가 아닌 모두를 둘러보며 입을 열었다.

"여러분은 한 가지 잊지 말아야 할 것이 있소."

현무사자는 백호사자가 뜸을 들이고 있는 것이 못마땅했다.

"우리가 잊지 말아야 할 것이 당신의 쓸데없는 변죽이오?"

태상사사자 중에서 현무사자가 가장 성격이 급하고 그가 무슨 일을 행하면 아무도 말리지 못한다.

현무사자의 핀잔에도 백호사자는 개의치 않고 담담하게 대답했다.

"무간백구호는 오행신체요. 그 말은 그 아이의 모든 것이 우리의 상상을 초월할 것이라는 뜻이오."

사실 무간백구호가 전설의 오행신체라는 사실을 한동안 잊고 있었던 세 명의 사자는 갑자기 찬물이 온몸에 끼얹어진 것처럼 정신을 차렸다.

주작사자가 알겠다는 듯 고개를 끄덕였다.

"그렇다면 그 아이가 마음만 먹으면 자신의 내공 수위를 속이는 것쯤은 그리 어렵지 않겠군요?"

"그렇소. 그 아이는 그 밖에도 우리가 모르는 여러 재주를 갖고 있을 것이오."

"그렇군요."

문득 백호사자의 표정이 엄숙해졌다.

"무간백구호를 삼 년 전의 수준으로 생각하는 우를 범해서는 안 되오. 현재의 그 아이는 우리가 예상하는 것보다 몇 배 이상 강해졌을 것이오."

중인은 자신들이 상대하고 있는 표적이 전설의 오행신체라는 사실을 서서히 자각하기 시작했다.

"이번에 반드시 그 아이를 잡아야 하오. 그러지 못하면 비단 주군께서는 그 아이를 거두지 못하실 뿐만 아니라, 장차 주군의 가장 큰 골칫거리가 될 것이기 때문이오."

그 말을 끝으로 실내에 한동안 무거운 침묵이 흘렀다.

그리고 잠시 후에 침묵을 깬 사람은 현무사자였다.

"이곳에 천령위(天令位)가 왔소?"

그는 백호사자를 쳐다보았다. 태상사사자는 평등하지만 이번 대천색령을 백호사자가 총지휘한다는 사실을 암묵적으로 인정하는 태도였다.

천존의 명령을 직접 전달하는 인물이 천령위다. 모두 아홉 명이 있으며 그들을 천령구위(天令九位)라 부르고, 천존의 호법(護法) 같은 역할도 하고 있다.

백호사자는 조용히 대답했다.

"이번 대천색령을 발동하기 직전에 한 번 만나 천명(天命)을 받은 것이 전부요."

"흠! 그렇다면 무슨 일이 있어도 무간백구호를 제압하여 소양궁(霄壤宮)으로 보내라는 종래의 천지 그대로겠군."

현무사자의 말을 백호사자가 받았다.

"무간백구호를 잘 알고 있는 자들을 불렀으니 그들의 말을 들어봅시다."

백호사자가 가볍게 고개를 끄덕이며 신호를 보내자 백호 일위는 즉시 방문을 열고 밖에서 대기하고 있던 사람들을 들어오게 했다.

발끝에서 머리끝까지 흑 일색으로 감싼 다섯 명의 아방나찰이 일렬로 들어섰다.

대방찰과 육, 칠, 팔, 구방찰이었다. 그녀들은 백호팔령이 이끄는 백호고수들과 함께 하남성 진도문을 공격하러 갔다가 조금 전에야 돌아왔다.

물론 진도문 고수들은 한 명도 남김없이 도륙을 당했다. 그러나 그것이 누구의 소행인지는 밝혀지지 않을 것이다.

지금 대방찰을 비롯한 다섯 명 아방나찰들의 마음은 수만 근의 납덩이가 짓누르고 있는 듯했다.

명정루에 도착하자마자 남겨두고 갔던 동료 아방나찰 네 명이 살해당했다는 소식을 접했기 때문이다.

더구나 그녀들을 살해한 것이 무간백구호라고 하니 그 충격은 다른 사람보다 몇 배나 더 컸다.

대방찰 옆에 선 백호일위가 태상사사자를 향해 일렬로 늘어선 아방나찰들을 가리키면서 공손히 입을 열었다.

"이들은 무간옥의 아방나찰입니다. 무간백구호를 직접 가르쳤다고 합니다."

태상사사자는 방갓을 벗어 앞에 쥐고 공손히 서 있는 다섯 명의 아방나찰들을 천천히 쓸어 보았다.

　대방찰을 제외한 아방나찰들은 태상사사자가 누군지 모른다.

　그러나 무간옥의 이인자인 대방찰이라고 해도 염제에게 천존과 태상사사자에 대해서 서과피지(西瓜皮舐) 식으로만 들었을 뿐이다.

　또한 염제는 태무악에게 사용했던 거목의 나뭇잎 하나가 무간옥 같다는 비유법을 대방찰에게 먼저 사용했었다.

　그렇게 친다면 대방찰은 거대한 개미굴 속에서 기어다니는 한 마리 병정개미 같은 존재일 뿐이다.

　이윽고 현무사자가 꼿꼿하게 세운 상체를 약간 뒤로 젖히면서 묵직하게 입을 열었다.

　"무간백구호에 대해서 너희가 알고 있는 것들을 먼지 하나까지 모두 털어놔라."

第四十四章

원정(遠征)

태무악은 자신의 목숨을 잃는 한이 있더라도 반드시 천존을 죽이고 싶었다.

아니, 천존을 죽여서 복수를 할 수만 있다면 죽고 사는 것은 어떻게 되든 아무런 상관이 없다는 생각이다.

한 가지 부수적인 욕심이 있다면, 도대체 천존이 무엇 때문에 어린아이들을 납치해서 무간옥 같은 지옥에서 지독한 훈련을 시킨 것인지, 또한 그자의 최종적인 욕심이나 야욕 같은 것이 무엇인지 알고 싶었다.

원래 목적이 분명하다면 방법이나 수단 같은 것들은 쉽게 신성화되는 법이다.

그래서 태무악은 삼풍호개가 내민 손을 수단으로 삼아서 잡은 것이다.

하지만 언제라도 필요없거나 거추장스럽다는 생각이 들면 두 번 생각할 것도 없이 버릴 준비가 되어 있다.

일단 삼풍호개는 태무악에게 여러 가지 중요한, 그리고 꼭 필요한 도움을 주기 시작했다.

태무악의 목적을 한 척의 배를 몰고 바다를 건너야 하는 것에 비유한다면, 현재 그는 거센 파도가 몰아치는 캄캄한 망망대해에서 방향을 잃은 채 노 하나만 잡고 있는 상황이라고 할 수 있다.

그런데 삼풍호개가 그의 배에 돛을 세워주고 나아가야 할 방향을 잡아주기 시작한 것이다.

그는 태무악이 명정루의 백호고수들을 죽여서 태상사사자를 북경성으로 끌어들여 한판 싸움을 벌이려고 하는 계획을 무모하게 여기고 있지만, 다른 한편으로는 어쩌면 좋은 방법일 수도 있다고 생각했다.

태상사사자는 열 겹의 포위망으로 북경성 오백 리 밖에서부터 천라지망을 조여들었다.

그러므로 그들은 태무악이 북경성 내에 있을 것이라 확신하고 대대적인, 그리고 치밀한 수색 작업을 벌일 것이다.

우선은 거기에 걸려들지 않아야 하는 것이 급선무다. 그러려면 미리 만반의 준비를 해놔야만 한다. 태무악이 행동을 하는 것은 그다음이다. 모래 위에 집을 지어놓은 채 사냥을 나설 수는 없는 것이다.

그들은 북경성 내에 있는 것이라면 돌멩이 하나, 풀 한 포기조차도 그냥 지나치지 않을 것이다. 그러므로 그들을 속인다는 것은 결코 쉬운 일이 아닐 터이다.

삼풍호개는 우선 완벽한 가정을 꾸며야 한다고 역설했다. 집과 가족은 구했으니까 남은 것은 치장뿐이다.

"직업이 있어야 하네. 아무도 의심하지 않을."

태무악은 거실에서 삼풍호개와 대화를 하느라 오늘은 한 차례도 운공조식을 하지 못했다. 하지만 그보다 훨씬 큰 소득을 얻고 있었다.

아까는 술을 마시지 않았던 삼풍호개지만 지금은 본격적으로 마셔대고 있었다.

"우리 쪽부터 완벽하게 위장을 해놓은 다음에 놈들을 상대하는 것이 순서일세."

수피는 태무악 옆에 꼭 붙어 앉아서 두 팔로 그의 팔을 끌어안기도 하고, 어깨에 기대기도 하는 등 여러 자세를 취하고 있지만 조금도 지루하거나 졸린 모습이 아니다.

그녀는 저녁 이후의 술자리에서는 홍랑과 함께 주거니 받거니 하면서 제법 많이 마셨으나 지금은 한 방울도 마시지 않고 있었다.

그래서인지 술이 약간 깨긴 했지만 여전히 몽롱하게 취한 상태였다.

삼풍호개는 젓가락으로 요리를 뒤적이며 말을 이었다.

"지금처럼 아주머니가 이 집에서 하녀 일을 하고 있는 것은 말도 안 되네. 자네가 이 집의 큰아들이라고 위장을 해야 하니까 말이야. 흠! 아들이 어머니를 부려먹는다는 것은 큰일 날 일이지."

태무악은 묵묵히 술만 마셨다. 궁금한 것이 없기 때문이다. 삼풍호개가 워낙 말을 잘해서 혼자 북 치고 장구 치고 다 하는 중이었다.

"제일 좋은 것은 자네 부친께서 성내에 적당한 가게 같은 것을 운영하는 것인데 말이야. 하지만 그런 건 돈이 꽤 들 테니……."

부친이란 홍랑의 아버지 구당림을 가리키는 것이다. 그는 말끝을 흐리면서 슬쩍 태무악의 표정을 살폈다.

과연 그에게 가게를 구입할 만한 돈이 있는지 넌지시 떠보는 것이었다.

"가게라면 아무래도 주루 같은 것이 좋겠지. 자네 어머니께서 주방장에게 요리 솜씨를 전수하면 머잖아서 떼부자가 될 걸세. 암."

상금의 요리 솜씨는 매우 훌륭한 편이었다. 삼풍호개는 그녀의 요리를 먹어봤기 때문에 주루를 하면 장사가 잘될 것이라고 예상했다.

어태까지 지켜본 그의 말 습관에 따르면, 이제 그는 주루를 구입할 액수에 대해서 넌지시 운을 뗄 것이다.

"주루는 너무 비까번쩍해도 사람들 눈에 잘 띄고 너무 초라하면 거기에서 나오는 쥐꼬리만 한 수입으로 이런 집과 가족을 꾸려 나가는 것을 의심하게 될 걸세."

사실 그는 태무악에게 주루를 열게 해서 매일 원없이 술을 마셔보고 싶은 욕심에 부풀어 있었다.

하지만 태무악네 가족을 위장하는 방법으로 주루를 운영하는 것은 적격이었다.

삼풍호개는 술병을 입 안에 쑤셔 넣고 고개를 뒤로 젖혀 아예 쏟아 붓고 나서 말했다.

"크으… 적당한 게 좋겠지, 적당한 게. 그런데 그 정도를 사려면 아무리 못해도 금화 오십 냥은 있어야 하는데… 자네 그만한 돈 있나?"

지금 태무악에겐 그만한 돈이 없다. 이 집을 사고 이것저것 물건들을 사느라 대부분 다 썼다.

그는 술잔을 들고 한동안 묵묵히 생각하다가 오랜만에 말문을 열었다.

"보연궁이라는 곳은 어디에 있지?"

"웅? 산동성 제남성에 있는데 그건 왜 묻나?"

주루 살 돈이 있느냐고 물으니까 도리어 무림십비 중 하나인 보연궁이 어디냐고 되묻는 말에 삼풍호개는 의아한 표정을 지었다.

머리가 좋다고 자부하는 삼풍호개지만 설마 태무악이 천하의 상권을 쥐락펴락하는 보연궁을 털 계획을 방금 전에 결정했으리라고는 꿈에도 예상하지 못했다.

"태상사사자가 북경성 전체를 전부 수색하려면 얼마나 걸릴 것 같으냐?"

삼풍호개는 계산을 하는 듯 고개를 갸웃거리면서 생각하다가 대답했다.

"무채를 썰 듯이 세밀하게 차근차근 수색한다면 오륙 일은 걸릴 테지. 또한 일반 무림인들을 제쳐 두고 태상사단(太上四團)의 정예고수들이 직접 나선다면 아무리 빨라도 열흘 이상은 걸릴 걸세."

"태상사단?"

"태상사사자의 직속 고수들을 말하는 걸세. 백호단, 청룡단, 주작단, 현무단이지. 자네가 통천군림보 명정루에서 죽인 자들은 백호단 수하, 즉 백호고수들일세."

"제남성까지 거리가 얼만가?"

"육백여 리쯤 되네."

태무악이 의중을 말하지 않고 계속 묻기만 하자 삼풍호개는 궁금해서 죽을 지경이 됐다.

원래 그는 두 가지를 절대 참지 못하는 성격인데, 바로 술과 궁금증이다.

슥—

삼풍호개가 왜 보연궁에 대해서 궁금해하는지를 물으려고 하는데 태무악이 자신의 무릎을 베고 잠이 든 수피를 안고 일어섰다.

"내일 이맘때까지 돌아오겠다."

삼풍호개는 의아한 얼굴로 따라 일어섰다.

"어딜 가는 겐가?"

"보연궁."

"거긴 무엇 하러 가나?"

삼풍호개는 수피를 침상에 눕히려고 그녀의 방으로 들어가는 태무악을 졸졸 따라가며 물었다.

"다녀와서 말해주겠네."

수피는 태무악이 품에 안겨준 베개를 잠결에 꼭 끌어안고 더 깊은 잠에 빠져들었다.

태무악이 방에 들어갔다가 깨끗한 흑의로 갈아입고 마당으로 나서자 삼풍호개가 따라나서며 시어머니처럼 잔소리를 해댔다.

"자넨 한 가지 중요한 사실을 잊고 있는 것 같네. 현재 북경성 밖에는 수만 명이 겹겹이 포위망을 형성하고 있어서 절대 빠져나가지 못하네."

스으으……

그의 말이 끝나자마자 삼풍호개 두 걸음 앞에서 걸어가고

있던 태무악의 모습이 빠르게 흐릿해지는가 싶더니 순식간에
사라져 버렸다.

"어엇?"

삼풍호개는 깜짝 놀라서 급히 두리번거렸다. 하지만 어디
에서도 태무악의 모습은 보이지 않았다.

그는 자신이 눈을 깜빡이는 사이에 태무악이 놀라운 경공
을 전개하여 사라진 것이라고 생각했다.

그런데 바로 그때 삼풍호개 앞에서 태무악의 조용한 목소
리가 갑자기 들려왔다.

"이러면 포위망을 뚫을 수 있을 것 같으냐?"

"으헛!"

쿵!

삼풍호개는 소스라치게 놀라서 두 발이 바닥에서 반 자나
펄쩍 허공으로 뛰어올랐다가 그대로 바닥에 엉덩방아를 찧고
말았다.

"누… 누구냐?"

그러나 그는 즉시 벌떡 튕겨 일어나 공격할 태세를 갖추고
두리번거리면서 외쳤다. 누군가의 급습이라고 본능적으로
생각한 것이다.

"내일 적당한 주루를 알아봐라."

"흐익?"

그때 삼풍호개의 바로 코앞에서 다시 불쑥 태무악의 목소

리가 들렸다.

두 번째지만 삼풍호개는 여전히 허파에서 바람 빠지는 소리를 냈다.

"태 형, 자넨가……?"

삼풍호개는 떨리는 손을 내밀어 허공을 더듬거렸다.

"힉?"

그때 그는 자신의 손끝에 무엇인가 만져지는 것을 느끼고 제풀에 놀라 급히 손을 움츠렸다.

스으으…….

그때 마치 유령이 나타나듯 삼풍호개 한 걸음 앞에서 태무악의 모습이 다시 빠르게 나타났다.

삼풍호개는 놀라서 두 걸음 뒤로 물러났다가 상체를 내밀고 태무악을 자세히 살펴보았다. 그러나 아무리 봐도 태무악이 분명했다.

도대체 어떻게 해서 사람의 모습이 순식간에 사라졌다가 다시 나타날 수 있는 것인지 모를 일이었다.

"으으… 자네 방금 어떻게 한 건가?"

그렇게 묻는 삼풍호개의 목소리가 본의 아니게 떨렸다.

"무영투공이다."

"무… 영투공……."

여전히 놀라움을 떨치지 못하는 삼풍호개를 남겨두고 태무악은 대문 쪽으로 몸을 돌렸다.

"잠깐 기다리게."

그러자 삼풍호개가 급히 그를 불렀다.

"내가 자네 부탁으로 백호전령의 뒤를 캐고 있다는 사실을 그들이 알아냈네. 그래서 어저께 내가 통천군림보에 잡혀갔었던 걸세. 이런 좋지 않은 상황에서는 앞으로 내 행동이 크게 제약을 받을 거야."

"그런 일은 없다."

태무악은 자르듯이 말했다.

"무슨 뜻인가?"

"그 사실을 알고 있는 놈들은 다 죽었다."

휘익!

그 말을 끝으로 태무악은 번쩍 신형을 날려 비스듬히 허공으로 솟구치는가 싶더니 눈 깜짝할 사이에 어둠 속으로 사라졌다.

삼풍호개는 아직도 놀라움이 가시지 않은 얼굴로 태무악이 사라진 야공을 바라보며 가슴을 쓸어내렸다.

"휴우… 정말 불가사의한 친구로군."

이른 아침, 제남성.

보연궁은 제남성에서 남쪽으로 이십여 리 떨어진 태산 북쪽 기슭에 자리를 잡고 있었다.

보연궁 전체에 높이 오 장의 높은 담이 빙 둘러쳐져 있으며, 담 위에는 칠팔 장 간격으로 망루가 설치되었고, 그곳에 한 명의 고수가 밤낮 가리지 않고 상주하면서 외부인의 침입을 감시하고 있다.

보연궁 안에는 아홉 채의 거대한 전각들이 특수한 방위에 의해 위치해 있었다.

그리고 한복판에는 아홉 채의 전각들을 모두 합친 것보다 두 배 이상 거대한 전각 한 채가 웅크리고 있다.

보연궁은 천하의 수십 개 성과 수백 개 현에 천여 개의 주루와 기루, 전장 등을 운영하고 있으며, 그곳들에서 벌어들인 돈이 매월 이곳으로 보내져서 보관된다.

말하자면서 보연궁에는 상상을 초월하는 액수의 돈이 보관되어 있으며, 그 자금으로 천존의 방대한 세력이 움직이고 있는 것이다.

보연궁에는 상시 금화 삼억(億) 냥이라는 어마어마한 자금이 보관되어 있으며, 매월 꼬박꼬박 천하에서 입금되는 금화가 오천만 냥이다.

입금된 오천만 냥은 보름에 걸쳐서 천존의 각 세력으로 보내지고 통상 오백만 냥 정도가 남는다.

그럼 그것은 상시 보관 자금 삼억 냥에 합쳐진다. 그런 식으로 매월 상시 보관 자금이 조금씩 불어나고 있는 것이다.

그런 만큼 보연궁의 보완은 황제가 기거하는 자금성보다 몇 배나 더 견고하다.

보연궁 내에는 나무 한 그루 풀 한 포기도 없다. 그러므로 당연히 인공 가산이나 연못 따위가 있을 리 없다.

이유는 단 하나. 그런 것들이 보안에 방해가 되기 때문이다.

보연궁 오른쪽 담 위에는 다섯 개의 망루가 있다.

그중 세 번째 망루 안에 있는 한 명의 여고수가 담 안쪽을 향해 서서 날카로운 눈빛으로 열 채의 전각들을 하나씩 뜯어보고 있었다.

다른 망루의 여고수들은 홍의 경장 차림인데 세 번째 망루의 여고수만 흑의 경장 차림이었다.

그 여고수가 서 있는 망루 안 바닥에는 한 명의 홍의여고수가 쓰러져 있었다.

조금 전에 흑의여고수에게 쥐도 새도 모르게 사혈이 찍혀서 즉사했기 때문이다.

흑의여고수는 다름 아닌 태무악이다.

그는 무영투공을 전개하여 모습을 보이지 않게 하는 수법을 반복하면서 지난 반 시진에 걸쳐 보연궁 구석구석을 세밀하게 조사했다.

이후에 이곳 세 번째 망루로 올라와 홍의여고수를 죽이고 그녀로 변신하여 보연궁 전각들을 살피면서 계획을 짜고 있는 중이다.

이곳에서는 다른 망루의 여고수들이 얼굴밖에 보이지 않

는다. 마찬가지로 그녀들 역시 이쪽의 얼굴밖에 볼 수 없다.

망루는 눈과 비를 막을 수 있게 위에 지붕이 있지만, 여자 키로 턱 높이까지 아래쪽이 가려져 있고 그 위는 사방이 트여 있다.

그래서 태무악은 변체환용비술을 전개해서 몸은 놔두고 얼굴만 홍의여고수의 모습으로 변환시켰다.

몸까지 바꾸면 원래 그가 입고 있던 흑의가 너무 커서 헐렁해지기 때문이다.

그리고 죽은 홍의여고수처럼 보이기 위해서 무릎을 잔뜩 굽혀 같은 키 높이를 만들었다.

망루에 올라오고 나서 보연궁 내부를 살펴보면서 일다경쯤 흘렀을 때 그는 결론을 내렸다.

'모두 죽인다.'

삼풍호개가 주루를 구입하려면 돈이 필요하다고 했을 때 태무악은 반사적으로 보연궁을 떠올렸다.

이유는 간단하다. 보연궁에 돈이 많다는 말을 들었기 때문에 금화를 천 냥쯤 훔칠 생각을 했었다.

그러나 만약 그 얘기를 삼풍호개에게 했더라면 구태여 보연궁까지 오지 않아도 괜찮았을 것이다.

북경성에는 약 이십여 곳의 큰 전장들이 있으며, 그들 중 한 곳만 털어도 금화 천 냥 정도는 쉽게 손에 넣을 수 있었을 테니까 말이다.

어쨌든 그는 이곳까지 왔다.

그리고 보연궁 곳곳을 살펴보면서 열 채의 전각 중 한복판의 전각에 돈이 보관되어 있다는 것과 그 액수가 꽤 많다는 사실을 알아냈다.

그래서 계획을 약간 바꾸었다. 천 냥쯤 훔치려던 것을 아예 몽땅 훔치겠다는 것으로 변경했다.

삼풍호개는 보연궁이 천존의 자금줄이라고 말했었다.

그래서 태무악은 이곳의 돈을 깡그리 훔쳐서 자금줄을 말려 버리는 것도 천존을 괴롭히는 방법 중에 하나일 것이라고 생각했다.

이곳 세 번째 망루의 홍의여고수의 사혈을 찍은 직후 그녀의 맥을 짚어 내공 수위를 측정한 결과 일 갑자 내외인 것으로 확인됐었다.

또한 보연궁 내에는 현재 삼백 명 정도의 여고수들이 있는 것으로 확인했다.

그리고 그녀들은 다 고만고만한 수준인 것 같았다.

그러나 한 가지 알 수 없는 것은 아홉 채의 전각에 둘러싸여 있는 한복판의 거대한 전각이었다.

태무악은 그 안에 돈이 있을 것이라고 추측했지만 그 안에 어떤 고수들이 웅크리고 있는지는 알아내지 못했다.

한복판 전각은 삼층으로 이루어졌으며 둘레가 무려 삼백여 장에 달할 정도로 어마어마했고, 창문이 하나도 없어서 안에 무엇이 있는지 들여다볼 수가 없었다.

그러나 그 안에 돈 외에 무엇이 있든 태무악의 결정을 바꾸게 하지는 못할 것이다.

일단 그는 바닥에 쓰러져 있는 홍의여고수의 겉옷을 벗긴 후에 변체환용비술을 전개하여 몸까지도 그녀의 체구에 맞게 줄였다.

커다란 체구였던 그는 잠깐 사이에 갸름한 얼굴에 풍만하고 늘씬한 젊은 여자의 몸으로 변했다.

이어서 홍의를 갈아입고 벗어놓은 자신의 흑의와 흑자검과 암기들을 꺼내 품속에 갈무리했다.

그리고 속곳만 입은 채 쓰러져 있는 홍의여고수에게 극양지기를 전개하여 한 줌의 혈수로 만들어 버렸다.

반 각 후, 그는 보연궁 사면 담 위에 있는 열다섯 군데 망루의 열다섯 명 홍의여고수들을 모두 해치우고 극양지기를 일으켜 시체들을 모두 혈수로 만들었다.

이어서 그는 세 명씩 조를 이루어 보연궁 내 각 지역을 순찰하는 홍의여고수 열 개 조 삼십 명을 이각에 걸쳐서 모두 주살했다. 물론 그 시체들 역시 혈수로 녹여 버렸다.

그로써 보연궁 내에는 단 한 명도 돌아다니는 사람이 없게 되었다.

태무악은 조금 전에 보연궁을 둘러봤을 때 이곳에 여자들만 있는 것을 이미 확인해 두었다.

그러나 여자라는 것이 그에게는 아무런 의미도 없었다. 그저 죽여야 할 대상일 뿐이다.

그는 아홉 채의 전각 중에서 가장 뒤쪽에 있는 전각 뒤쪽으로 돌아가 벽을 향해 똑바로 걸어갔다.

후우.

걸어가는 도중에 그의 몸에서 흐릿한 홍광이 흘러나왔다.

몸이 닿는 즉시 벽에 그의 체구만 한 커다란 구멍이 뚫렸다.

극양지기로 인하여 녹은 구멍에서 시뻘건 액체가 주르르 흘러내렸다.

음양극정화의 수법으로 극양지기를 발출하여 벽을 녹이면서도 그가 입고 있는 옷은 멀쩡했다.

그가 들어선 전각의 일층은 넓은 대전이며 아무도 보이지 않았다.

이 전각은 숙소인 듯했다. 태무악은 나는 듯이 계단을 쏘아 올라갔다.

그때 이층에서 두 명의 녹의를 입은 여고수가 마주 내려오다가 태무악을 발견하고 적이 놀라는 표정을 지었다. 겉모습은 홍의여고수인데 경공이 신기에 가까울 정도로 절묘했기 때문이다.

"경호대(警護隊)가 여긴 무슨 일로……."

그중 한 명이 뭐라고 꾸짖듯이 몇 마디 말을 했지만 끝을 맺지는 못했다.

취리릿!

쏘아 오르고 있는 태무악에게서 두 줄기의 새파란 빛살이 발출되어 두 명의 녹의여고수의 미간을 고스란히 관통했기 때문이다.

두 줄기 새파란 빛살은 그녀들의 뒤통수에서 튀어나와 허공에서 급격한 원을 그리며 원래의 방향으로 되돌아왔다.

계단 위에 올라선 태무악은 왼손을 내밀어 두 개의 빛살을 낚아챘다.

그것은 두 개의 추혈표였다.

현재 그가 전개하는 추혈표 수법은 삼 년 전에 비해서 세 배 이상 빨라졌다.

그러므로 추혈표는 더 이상 암기라고 할 수 없을 정도의 위력을 지니고 있었다.

방금 죽은 두 명의 녹의여고수들이 거꾸러져서 큰 소리를 내며 계단 아래로 볼썽사납게 굴러 내렸지만 태무악은 개의치 않았다.

그는 이층 계단 위에 우뚝 서서 양손 손가락 사이에 세 개씩의 추혈표를 끼운 채 날카롭게 주위를 살폈다.

그가 서 있는 곳에서 정면과 좌우에 복도가 뻗어 있고, 복도 양쪽에는 방들이 늘어서 있었다.

태무악은 방금 난 큰 소리를 듣고 여고수들이 방에서 튀어나올 것이라고 예상했다.

과연 세 개의 복도 열두 개의 방에서 이십여 명, 아니, 정확히 이십이 명의 녹의여고수들이 와르르 쏟아져 나왔다.

그녀들은 방에서 나오자마자 계단 쪽을 향해 달려오다가 그곳에 서 있는 태무악을 발견했다.

계단에 적이 있을 줄은 예상하지 못했던 그녀들은 모두 무방비 상태였으며 어깨의 검실에서 미처 검도 뽑지 못한 모습이었다.

피피피이잇! 취리리릿!

순간 태무악의 양손이 세 차례 번개같이 떨쳐졌다.

한 번 떨칠 때마다 양손에서 두 개씩의 추혈표가 전광석화처럼 뿜어져 나갔다.

날카로운 파공성이 복도를 울리는 가운데 그의 양손이 품속에 두 번 더 들어갔다가 나오면서 순식간에 도합 열여덟 개의 추혈표를 발출했다.

순식간이라고는 하지만 그가 원래의 몸을 지니고 있을 때보다 두 배 가까이 시간이 더 걸렸다.

변체환용비술을 전개하기 전의 그의 가슴은 넓고 탄탄해서 흑자검이나 추혈표를 뽑아 발출하기가 쉬웠으나, 지금은 체격이 작아진 데다 손을 넣을 때마다 풍만한 가슴이 거치적거려서 그만큼 늦어질 수밖에 없었다.

세 개의 복도 열두 개의 방에서 쏟아져 나온 이십이 명의 녹의여고수 중 대부분인 십팔 명이 한 치의 오차도 없이 추혈표에 의해 미간이 관통되었다.

그리고 그녀들의 뒤통수로 튀어나온 열여덟 개의 추혈표들은 벽에 박히지도, 서로 부딪치지도 않은 채 회전을 하여 고스란히 태무악에게 되돌아왔다.

좌측 복도에 네 명의 녹의여고수만 남은 상태인데, 그녀들은 느닷없이 벌어진 일 때문에 미처 정신을 차리지 못하고 그 자리에서 굳어버렸다.

태무악은 최초에 발출했던 추혈표들이 돌아오기도 전에 그녀들을 향해 네 개의 추혈표를 더 발출했다.

직후 그는 추혈표들을 다 회수하여 수직으로 삼층을 향해 솟구쳐 올랐다.

그가 삼층 바닥에 내려설 때 이층에서 녹의여고수들이 무더기로 쓰러지는 둔탁한 음향이 들렸다.

그런데 삼층의 상황은 이층하고는 달랐다. 삼층의 녹의여고수들은 모두 십오 명이었고, 그녀들은 하나같이 검을 뽑아 든 채 계단 주위에 모여 아래층으로 뛰어 내려오고 있는 중이었다.

태무악이 계단을 쏘아 올라가다가 최초의 두 녹의여고수를 죽이고 방금 삼층에 내려서기까지는 불과 세 호흡 정도의 짧은 시각이 소요됐을 뿐이다.

그런데도 삼층의 녹의여고수들은 이미 만반의 태세를 갖

추고 침입자를 향해 몰려오고 있었다.

그것 하나만 봐도 그녀들이 제대로 훈련된 고수들이라는 사실을 어렵지 않게 짐작할 수가 있다.

하지만 그녀들의 상대는 무려 백팔십 년 내공을 소유했을 뿐만 아니라 가공할 삼삼살인공을 완벽하게 터득한 희대의 살인병기다.

이층으로 내려오는 중이거나 내려오려고 하던 십오 명의 녹의여고수들은 이층에서 솟구쳐 올라 자신들의 머리 위에 떠 있는 한 명의 홍의여고수, 아니, 경호대 고수를 발견하고 한순간 의아한 표정을 지었다.

그녀들이 알기로는 자신들보다 한 단계 지위가 낮은 경호대 고수들은 저 정도의 절륜한 경공을 발휘하지 못한다.

그녀들이 뭔가 이상하다고 느낀 순간,

경호대 고수, 아니, 태무악이 녹의여고수들 한복판으로 독수리처럼 쏘아 내렸다.

그의 오른손에는 어느새 칙칙한 흑광을 뿌리는 흑자검이 쥐어져 있고, 왼손 손가락 사이에는 세 개의 추혈표가 끼워져 있었다.

第四十五章
삼억(三億)

대무신
大武神

　결국 싸움은 전각 밖 드넓은 광장으로 번졌다.

　태무악이 세 채의 전각을 일망타진하여 도합 백삼십여 명
의 홍의, 녹의여고수들을 죽이고 나서 네 번째 전각으로 향하
고 있을 때, 순식간에 홍의, 녹의, 남의여고수들 백오십여 명
이 사방에서 쏟아져 나와 그를 포위해 버린 것이다.

　그러나 그는 물러서지 않았다. 어차피 보연궁 내에 살아 있
는 것들을 모조리 전멸시킬 생각이었으므로 차라리 잘됐다고
생각했다.

　태무악은 여태까지 이처럼 많은 적을 상대로 싸워본 적이
없었다.

그렇지만 막상 싸움이 시작되자 채 일각이 지나기도 전에 확연하게 우열이 드러났다.

태무악은 마치 피에 굶주린 한 마리 늑대가 양 떼 속으로 뛰어든 것처럼 닥치는 대로 보연궁 여고수들을 주살했다.

그의 흑자검 길이는 여고수들이 사용하는 검에 비해 절반밖에 안 되지만 이 싸움에서는 그런 것이 하등의 문제가 되지 못했다.

웬만한 수준의 고수들 간의 싸움에서는 무기의 길이가 중요해서 승패를 좌우하기도 하지만, 태무악 정도의 고수에겐 별 의미가 없다.

적들이 그의 옷자락은커녕 그림자조차 건드리지 못하는 상황이거늘 어느 세월에 무기끼리 한차례 부딪쳐 보기나 하겠는가.

만약 여고수들이 겁을 먹고 뿔뿔이 흩어진다면 태무악이 그녀들을 일일이 쫓아다니면서 죽여야 하기 때문에 조금 애를 먹었을 것이다.

하지만 그녀들은 추호도 물러서지 않았으며, 오직 공격밖에 모르는 것처럼 사방에서 파도처럼 밀려들면서 소나기 같은 공격을 퍼부었다.

그것이 태무악의 수고를 크게 덜어주었다.

그는 지금 사혼검법을 전개하고 있다. 이 검법은 다수를 상대할 때 적절한 검법이며, 그가 배운 삼삼살인공 중에서 두 번째로 변화무쌍하다.

사혼검법의 특징은 빠르기와 정확도다. 체내에서 구결에 따라 공력을 운기하여 흑자검에 주입시킨다.

그 순간 허공에 흑선이 길고도 빠르게 그어진다. 또한 흑선은 태무악이 겨냥한 목표물까지 흑자검을 정확하게 이끌어주는 역할을 한다.

그럼 흑자검이 흑선을 따라가서 적의 급소를 찌르거나 베어버리는 것이다.

무간옥을 탈출한 삼 년 전에 태무악은 사혼검법을 육성 정도 익혔었다.

그 당시에는 한 번에 세 개의 흑선을 만들어 동시에 세 명의 적을 적중시키는 수준이었다.

그러나 현재 그는 사혼검법을 완벽하게 터득한 상태다. 십성이 아니라 그 이상 십이성이다.

왜냐하면 구결에 없는 변화를 만들어내는 경지까지 이르렀기 때문이다.

예를 들면 구결대로의 사혼검법은 허공에 그려진 흑선을 따라간 검이 직접 상대의 몸을 찌르거나 베는 식이다.

하지만 지금은 흑자검이 몸에 닿기도 전에 여고수들의 미간에 구멍이 뚫리고 목이 뎅겅뎅겅 잘라지고 있었으며, 그 거리는 무려 삼사 장에 이르렀다.

상상해 보라.

흑자검이 단지 방향을 가리키기만 하는데도 빛처럼 빠르게 길게 흑선이 그어지면서 결국 그 흑선의 끝이 여고수들의 몸을 관통하고 통째로 자르는 광경을.

그것은 검풍(劍風)이다.

검풍이란 검의 기세(氣勢)다. 즉, 검세(劍勢)인 것이다.

체내의 순수한 내공을 검을 통해서 발출하는 것이 검기(劍氣)라고 한다.

그리고 검으로 허공중에 변화를 전개하여 인위적인 날카로운 바람을 일으켜 쏘아내는 것이 검풍이다.

그런데 태무악은 그것에서 한 걸음 더 나아가 보이지 않는 허공을 자신이 원하는 형태와 크기로 마음대로 잘라내서 쏘아내는 수준에 이르렀다.

쉬이잇! 쉬잇!

그가 흑자검을 휘두를 때마다 마치 독사가 독을 뿜어내는 듯한 음향이 흘렀다.

흑자검이 변화를 일으키고 있는 허공에는 작고 검은 구름 같은 것이 형성되었다.

검의 움직임에 따라 생성된 수많은 가닥의 흑선들이 둥글게 한데 뒤엉켜 있는 광경이다.

그리고 흑자검이 사방으로 떨쳐지면서 방향을 가리키면 엉켜 있던 흑선들이 풀어지면서 그 방향으로 흑선검광(黑線劍光)을 그으며 쏟아져 간다.

. 싸움이 벌어진 지 일각 남짓 되었을 때 땅바닥에는 이미 사십여 구의 시체들이 즐비하게 깔렸다.

여고수들은 태무악의 일 장 이내에 접근조차 하지 못하고 있었다.

덤비면 덤비는 족족 뻥 뚫린 미간에서, 혹은 잘라진 목에서 피분수를 뿜는 것을 뻔히 보면서도 그녀들의 공격은 조금도 늦춰지지 않았다.

여고수들이 펼치는 검법은 세 종류였으며, 태무악은 과거에 무간옥에서 열 살 때 그것들을 배운 적이 있었다.

이 세 종류의 검법은 무림 명문대파의 성명검법이라는 것들에 비하면 훨씬 위력적이지만, 삼삼살인공의 사혼검법이나 광속참, 전린부에는 비할 바가 못 됐다.

여고수들은 여러 형태로 공격을 시도했다. 진법을 짜기도 하고, 대형을 바꿔보기도 했으나 속수무책이라는 점에서는 마찬가지였다.

그런데 어느 순간부터 태무악은 검법을 바꾸었다.

여고수들이 절대 도망치지 않는다는 사실을 알았기 때문에 그녀들을 지금보다 가까이 끌어들여서 더 빠르게 더 많이 죽여야겠다고 생각했다.

그래서 두 번째로 전개한 검법이 전린부다.

무간옥주인 염제가 태무악과 싸울 때 전개했던 검법이다.

전린(電鱗)이라는 이름이 말해주듯이, 일단 전개되면 번갯

불 같은 검광이 폭사되어 적을 짓뭉개 버린다.

거기에 변화를 일으켜 검광을 비늘처럼 쪼개서 흩뿌리듯이 떨쳐 내면 날카롭고 작은 빛의 비늘들, 즉 검린(劍鱗)이 파도처럼 쏟아져 나간다.

검린의 파도는 검린파(劍鱗波)다.

염제와 태무악은 둘 다 전린부를 십성까지 완성했다. 하지만 완성도에서 차이가 난다.

염제는 검광을 최대 다섯 개의 비늘로 쪼갤 수 있지만, 태무악은 열두 개까지 쪼개어 정확하게 적의 급소에 꽂아 넣을 수 있다.

참으로 기이한 일이었다. 여고수들은 마치 불빛을 보고 달려드는 부나비처럼 마지막 한 명까지 태무악을 공격하다가 목이 잘려 죽었다.

"후우……."

이윽고 태무악은 초식을 멈추고 피가 뚝뚝 떨어지는 흑자검을 아래로 내리면서 주위를 훑어보았다.

그가 아무리 백팔십 년 내공을 지녔다고 해도 인간인 이상 반 시진에 걸쳐서 백오십여 명의 여고수들을 죽였기 때문에 조금쯤 힘에 부쳤다.

그의 주변에는 백오십여 구의 여고수 시체들이 즐비하게 널려 있었다.

그녀들은 미간이 뚫리거나 목이 잘린 두 가지 모습이었다.

태무악은 문득 자신의 옷이 갈가리 찢어져 걸레처럼 변해 있는 것을 발견했다.

어느덧 시간이 흘러서 변체환용비술이 풀어져 원래의 얼굴과 체격으로 환원됐기 때문에 싸우는 도중에 작은 옷이 찢어져 버린 것이었다.

얼마나 싸움에, 아니, 살인에 열중했으면 변체환용비술이 풀리는 것도 몰랐겠는가.

그는 느릿한 동작으로 자신의 흑의를 꺼내 갈아입었다. 방금 전까지 백오십여 명의 여자를 도륙한 사람이라고는 믿을 수 없을 만큼 태연한 동작이었다.

한 가지 희한한 일은, 이 난리가 벌어지고 있는데도 보연궁 한복판에 있는 거대한 전각에서는 아무도 나오지 않고 있다는 사실이었다.

태무악은 오른손에 흑자검을 움켜쥔 채 이십여 장 거리에 있는 전각을 향해 성큼성큼 걸어가기 시작했다. 경공을 전개하지도, 주변을 살피지도 않았다.

단지 보연궁의 마지막 남은 보루 안에 얼마나 많은, 그리고 얼마나 고강한 고수들이 도사리고 있든 모두 죽이고 그의 목적을 이루겠다는 생각뿐이다.

이윽고 그는 거대 전각 전문 앞에 우뚝 멈춰 섰다.

높이와 폭이 무려 이 장이나 되는 거대하고 시커먼 전문은 굳게 닫힌 채 바늘 틈만 한 구멍조차 없었다.

그는 우뚝 선 채 공력을 끌어올리면서 왼손을 들어 올렸다.

이어서 삼삼살인공 중 하나인 극마벽(極魔霹)을 전개했다.

극마벽은 장공(掌功)이다.

그러나 여타 장공하고는 근본적으로 다른 개념과 위력을 지니고 있다.

무림에 현존하는 거의 모든 장공들은 각각의 특수한 구결에 따라 체내에서 공력을 운기하여 손바닥이나 주먹을 통해서 발출하는 방식이다.

이때 공력은 마치 폭포나 급류처럼 줄줄이 뿜어져 나간다. 또한 초식이나 공력을 거두지 않는 한 공력은 계속해서 발출된다.

그것이 장공의 일반적인 현상이다.

하지만 극마벽은 일회성(一回性) 장공이다. 다시 말해 강물처럼 줄줄이 쏟아지지 않고 마치 포탄이 발사되듯 단 한 차례 발출되는 것이다.

예를 들어 한차례 공격을 시도하는 데 사용되는 공력의 양을 백(百)이라고 하고, 소요되는 시간을 십(十)이라고 가정하면, 일반적인 장공은 초식을 개시한 일(一)에서부터 공력이 쏟아져 나가 마지막 십에서 멈추며 그사이에 공력 백이 쏟아져 나간다.

그러나 극마벽은 공격을 개시한 '일'에 백의 공력이 한꺼번에 응축되어 발출된다.

그렇기 때문에 간단한 산술로도 그 위력이 일반적인 장공의 열 배라는 사실을 쉽사리 알 수 있다.

슈웅!

태무악이 끊어 치듯이 힘껏 내뻗은 장심에서 시뻘겋고 둥근 모양의 한 덩이 불덩이가 쏜살같이 뿜어졌다.

꽈릉!

극양지기로 만들어낸 불덩이가 전문에 적중되며 벽력 소리를 터뜨렸다.

웅웅웅…….

또한 전문에서 시작된 진동음이 전각 전체로 퍼져 징을 두들겼을 때 같은 소리가 울렸다.

순간 태무악은 반탄력 때문에 왼팔에 뻐근한 통증을 느끼며 주춤 뒤로 한 걸음 물러났다.

원래 검을 힘껏 휘둘렀을 때 목표물을 단칼에 자르지 못하면 반탄력 때문에 손아귀가 찢어질 수도 있는데, 장공도 마찬가지다.

목표했던 물체가 부서지거나 뚫리지 않으면 오히려 반탄력 때문에 발출한 사람이 부상을 당할 수도 있는 것이다.

그러므로 방금 발출한 극마벽이 전문을 부수지 못하고 튕겨졌다는 뜻이다.

극마벽이 적중된 부위를 날카롭게 쳐다보던 태무악은 가볍게 미간을 좁혔다.

적중된 곳이 머리 크기 정도 박살나서 깨진 채 불에 그슬려 있는데, 그 안에 있는 것은 놀랍게도 쇠였다.

말하자면 철문 겉에 나무를 입혀놓은 것이다.

극마벽이 가공할 만큼 극강한 위력이긴 하지만 철벽(鐵壁)을 부수지는 못한다.

아마 태무악의 내공이 오기조원(五氣造元) 정도의 경지에 이르게 되면 이 정도 철벽을 극마벽으로 능히 깨뜨릴 수 있을 것이다.

꽝!

태무악은 이번에는 위치를 옮겨 벽에 대고 극마벽을 발출했으나 결과는 똑같았다. 보통 철벽(鐵壁)이 아니었다.

그는 전각 전체가 철벽으로 이루어졌는지 아닌지 확인하기 위해 빙 돌아가면서 장력을 발출하는 미련한 짓은 하지 않았다. 두어 번 시험해 보면 알 수 있는 일이다.

과연 보연궁은 호락호락한 곳이 아니었다. 돈을 보관한 전각 전체를 견고한 쇠로 지었으니 어느 누구도 침입하지 못할 것이다.

보연궁 여고수들이 떼죽음을 당하고 있는데도 어째서 이 전각에서 아무도 나오지 않았는지 이유를 알 수 있었다.

그렇다고 이 정도에서 물러날 태무악이 아니다. 빈손으로 돌아갈 생각이었다면 애당초 보연궁 몰살 같은 것은 시작하지도 않았을 것이다.

그는 길게 생각하지 않고 백팔십 년 공력을 극한으로 끌어

올려 음양극정화를 전개, 극음지기를 흑자검에 주입시키고 전면의 철벽을 향해 벼락같이 그어댔다.

쐐애액!

쩌쩍!

귀를 찢는 파공음과 동시에 뺨을 후려갈긴 것보다 백배쯤 더 큰 소리가 터졌다.

철벽에 허옇게 서리가 뒤덮였고 그 복판에 뚜렷하게 열십 자 검흔이 새겨져 있었다.

태무악은 철벽을 향해 성큼성큼 걸어가며 왼손으로 가볍게 평범한 일장을 발출했다.

꽈꽝!

서리가 꼈던 열십자 부위가 산산조각나서 박살나며 커다란 구멍이 뻥 뚫렸다.

그는 거침없이 구멍을 통해서 안으로 걸어 들어갔다.

뚫린 구멍의 두께가 대단했다. 아무리 못해도 최소한 반 자는 될 듯했다.

전각 안 실내는 어두웠다. 태무악이 통과한 구멍으로 쏟아져 들어온 빛은 거대한 실내의 어둠을 밝히기에 역부족이었다.

쉬이익! 쐐애액!

태무악이 실내로 세 걸음쯤 걸어 들어갔을 때 갑자기 전면과 좌우, 그리고 머리 위에서 공격해 오는 날카로운 파공성이 터졌다.

실내가 어둡지만 태무악에겐 대낮이나 다름이 없다. 십이 년 동안의 생존 훈련을 차치하더라도, 그는 오행신체라서 선천적으로 어둠 속에서도 대낮처럼 볼 수 있다.

혹의여고수 열 명이 전면과 좌우의 상하에서 맹렬하게 쇄도하고 있으며 이미 일 장 거리까지 도달하고 있는 광경이 선명하게 보였다.

태무악은 혹의여고수들이 여태까지 상대했던 여고수들하고는 비교도 할 수 없을 정도로 고강하다는 것을 한눈에 간파했다.

그는 즉시 그 자리에서 박운미종보를 전개했다.

스스스……

그러자 무간옥주 염제가 전개했을 때와는 차원이 다른 광경이 펼쳐졌다. 갑자기 그의 모습이 여러 개로 많아지면서 흐릿하게 변했다.

뿐만 아니라 여러 개의 그의 모습이 상체와 하체가 각각 따로 놀았다.

그는 그것으로 혹의여고수들의 일차 공격을 깨끗하게 피할 수 있었다.

그런데 그녀들의 이차 공격은 첫 번째 공격하고는 비교도 할 수 없을 만큼 위력적으로 돌변했다.

파아아!!

그녀들은 일단 물러났다가 처음과 같은 방향에서 재차 공격해 오면서 검을 떨쳤다.

그러자 새카만 어둠을 뚫고 삼십 개의 번뜩이는 검광의 조각들, 즉 검린파들이 무서운 속도로 쏟아져 왔다.

전린부였다.

열 명 각자가 세 개씩의 검린을 발출했으니 다섯 개를 발출하는 염제의 육 할 수준이다.

그렇다면 태무악은 지금 여섯 명의 염제의 합공을 받고 있다는 뜻이다.

이것은 그로서도 예상하지 못했던 일이다. 염제의 육 할에 달하는 고수가 열 명씩이나 전각 안에서 기다리고 있을 줄은 몰랐다.

박운미종보는 피하지 못할 공격이 없을 정도로 탁월한 보법이지만 한꺼번에 삼십 개의 검린은 무리다.

흑의여고수들의 전린부가 완전하지 못하기 때문에 열 개 정도는 피할 수 있을 것이다.

태무악은 수중의 흑자검을 보이지 않을 정도로 빠르게 휘두르면서 동시에 두 발로는 박운미종보를 전개했다.

째째째째쨍!

오른손의 흑자검으로 소나기 같은 검린파를 튕겨내고, 또 더러는 피하면서 동시에 왼손이 품속으로 들어갔다가 나오는가 싶은 순간 맹렬하게 허공에 뿌려졌다.

취리리릿!

귀기스럽도록 푸르스름한 빛을 뿌리면서 세 개의 추혈표가 빛을 방불케 하는 속도로 뿜어졌다.

　삼십여 개의 검린을 검으로 쳐내면서 동시에 보법으로 피하는 것은 터럭만 한 실수라도 있으면 자칫 죽음으로 이어진다. 그만큼 위험하고 어려운 일이다.

　그런데 태무악은 왼손으로 세 명의 흑의여고수를 겨냥하여 추혈표를 발출하기까지 했다.

　보통 사람이라면 무위가 제아무리 입신지경에 이르렀다고 해도 절대로 행할 수 없는 일이다. 어떻게 한 번에 세 가지 동작을 취할 수 있단 말인가.

　그렇지만 태무악은 가능하다. 전설의 오행신체이기 때문이다. 그는 비단 행동뿐만이 아니라 동시에 두 가지 생각도 할 수 있다.

　파팍!

　순간 검린 한 개가 태무악의 어깨에 박히고, 또 하나가 옆구리를 깊숙이 베었다.

　같은 순간 세 개의 추혈표가 허공에 떠 있던 세 명의 흑의여고수 미간을 관통했다.

　일곱 명의 흑의여고수는 이번에는 물러나지 않았다. 오히려 일 장 거리 일곱 방향에서 태무악을 에워싼 채 공격을 퍼부었다.

　'화우월영격(花雨月影擊)!'

그녀들이 전개하는 초식을 본 태무악은 속으로 낮게 신음하듯 뇌까렸다.

백팔살인공 중에 하나인 검법이다. 그러나 강하고 빠른 무공을 선호하는 그는 화우월영격의 초식과 변화가 유연하다는 이유 때문에 배우지 않았었다.

일곱 명의 흑의여고수들이 전개하는 화우월영격은 유연함의 극치를 보여주고 있었다.

그러나 일곱 명이 일곱 방향에서 동시에 전개하면서 엄습해 오자 그것은 더 이상 유연하지 않았다. 반대로 극강하기 짝이 없는 위력을 발휘하고 있었다.

쏴아아아!

화우(花雨). 꽃잎의 소나기.

월영(月影). 달그림자.

일곱 흑의여고수들이 만들어낸 수천 개의 화우와 월영이 허공을 완전히 뒤덮은 상태에서 태무악을 향해 쏟아져 오고 있었다.

극과 극은 상통한다고 했다. 그러므로 유연함의 극은 극강함을 만들어낸 것이다.

저 수천 개의 화우와 월영에 스치면 살이 베어질 테고, 적중되면 관통될 것이다.

그것들 하나하나는 강력한 위력을 지니고 있지는 않다. 단지 살과 뼈를 베고 관통할 만큼의 위력과 속도를 지니고 있을 뿐이다.

지금 흑의여고수들이 만들어낸 화우와 월영은 검풍의 전 단계인 검파(劍波)이다.

그녀들은 화우월영격을 십성까지 완벽하게 터득했다. 그러나 내공이 부족하여 검풍을 만들어내지는 못한다.

만약 그녀들이 검풍을 발출했다면 태무악은 고전을 면치 못할 터이다.

그런데 태무악을 향해 쏟아져 오는 것이 수천 개의 화우와 월영으로 끝나지 않았다.

파아아!

한순간 귀에 익은 파공성이 흐르는가 싶더니 일곱 명의 흑의여고수 뒤쪽 열 방향에서 삼십여 개의 검린파가 빛처럼 빠른 속도로 태무악을 향해 쏘아져 왔다.

전린부가 만들어낸 삼십 개의 검린이었다.

흑의여고수는 열 명이 전부가 아니었다. 어둠 속에 열 명이 더 숨어 있었던 것이다.

태무악은 전각 안에 들어서자마자 공격을 받느라 미처 어둠 속 열 명의 존재를 감지하지 못했었다.

수천 개의 화우와 월영이 파도처럼 쏟아져 오고, 그 뒤에는 삼십 개의 검린이 우박처럼 쏘아오고 있었다.

더 이상 강심장일 수 없는 태무악이지만 이 순간만큼은 온몸이 경직됐다.

이것은 결코 두려움이 아니다.

애당초 그에게 두려움 따윈 존재하지 않는다. 다만 보연궁을 터는 작은 일도 성공하지 못하면 천존을 찾아내서 죽이는 대업을 어떻게 이룰 수 있겠는가. 순간적으로 그런 생각이 뇌리를 스친 것이다.

그는 단 하나만으로도 무림을 깜짝 놀라게 할 수 있는 무공을 육십육 개나 완벽하게 터득했지만, 그중의 어느 무공으로도 지금의 이 위기를 모면할 수 없다.

절체절명(絶體絶命)의 순간.

완벽하게 터득한 것으로 막을 수 없다면, 미완(未完)의 무공을 동원해서라도 이 위기를 넘길 수밖에 없다.

그 순간, 그의 두뇌가 한꺼번에 두 가지 생각을 하고, 그의 몸이 한꺼번에 세 가지 행동을 시작했다.

어떤 방법으로 이 위기를 벗어나고, 무슨 방법으로 열일곱 명의 흑의여고수들을 죽일 것이냐를 생각했으며, 생각과 동시에 세 가지 무공을 한꺼번에 전개했다.

그는 위기를 벗어나는 것만으로는 만족하지 않고 오히려 두어 걸음 더 나아가 열일곱 명의 흑의여고수들을 모조리 죽이려 하고 있는 것이다.

그것은 오직 오행신체만이 가능한 일이다.

그가 알고 있는 삼백육십구 종류의 무공 중에서 완벽하게 터득한 무공은 육십육 개다.

하지만 완벽하게 익히지 못한 무공들도 있으며 그것들은 수십 종류나 됐다.

그것들 중에는 칠, 팔성까지 익힌 것도 있지만, 이제 겨우 기초 단계에 들어간 무공들도 있다.

태무악은 팔성까지 익힌 무공 중에서 천강신력(天罡神力)을 전개했다.

이 무공은 그가 무이산에 입산하여 한 달째부터 연마하기 시작했으나 하산할 때까지 삼 년 동안 완벽하게 터득하지 못한 세 개의 무공 중 하나다.

자신에게 가장 필요한 주(主) 무공이 될 것이라고 생각하여 선택한 세 가지 무공을 그는 하산할 때까지 단 하나도 완성하지 못했었다.

오행신체인 그가 삼 년 동안 혼신의 노력을 쏟았음에도 완성시키지 못했을 만큼 익히기 어려운 무공이라는 뜻이다.

그렇기 때문에 그가 터득한 어떤 무공보다도 강력할 것이라는 뜻도 된다.

천강신력은 몇 가지 놀라운 능력을 갖고 있는데, 그중 하나가 호신강기(護身罡氣)다.

그것은 내공으로 몸 주위에 한 겹의 보이지 않는 호신막(護身幕)을 만들어 외부의 공격으로부터 몸을 보호해 주는 역할을 한다.

태무악은 천강신력을 일으켜서 몸 주위에 호신막을 형성

하는 것과 동시에 무영투공을 전개하여 모습이 보이지 않게
만들었다.

또한 그와 동시에 흑자검을 맹렬히 휘둘러 딛고 선 바닥의
철판을 찢었다.

설명은 길었으나 열일곱 명의 흑의여고수들이 공격하고,
태무악이 세 가지 동작을 한꺼번에 한 것은 눈을 한 번 깜빡
일 순식간에 벌어졌다.

투투투투투……

수천 개의 화우와 월영이 그가 일으킨 호신막에 부딪쳐 팅
기면서 흡사 콩을 볶는 듯한 소리를 냈다.

그와 동시에 삼십 개의 검린이 호신막을 두드렸다. 검린파
는 화우와 월영보다 늦게 발출됐지만 워낙 빨라서 거의 동시
에 표적인 태무악에게 당도했다.

파파팍!

째쨍!

그러나 그중 세 개의 검린이 호신막을 찢었다. 아직 완성되
지 않은 천강신력이기 때문이다.

태무악은 찢어진 바닥 아래로 하강하면서 흑자검을 휘둘
러 호신막을 찢고 들어온 세 개의 검린 중에 두 개를 쳐내고
하나를 놓쳤다.

팍!

그 하나가 그의 왼쪽 쇄골을 자르면서 깊숙이 몸속으로 쑤

셔 박혔다.

다음 순간 그는 바닥 속으로 사라졌다.

모든 것이 사라지고 실내에는 어둠과 적막이 흘렀다.

열일곱 명의 흑의여고수들은 단지 태무악의 모습이 갑자기 사라지는가 싶더니 화우와 월영, 검린파가 모조리 튕겨지는 광경만 목격했을 뿐이다.

그리고 그다음에 바닥의 철판이 종이처럼 찢어져 있는 것을 발견했다.

태무악이 철벽을 뚫고 전각 안으로 들어왔으니까 철판으로 된 바닥은 뚫을 수 있다고 치자. 하지만 사람이 한순간에 사라지고 화우와 월영, 검린파가 모조리 튕겨지는 현상에 대해서는 도저히 믿을 수가 없었다.

그렇지만 그런 일이 실제 그녀들의 눈앞에서 벌어졌으니 믿지 않을 수도 없는 일이다.

흑의여고수들은 보연궁의 자금을 지키기 위해서 특별히 선발되고 훈련된 고수들이며, 각자의 무위가 화라선녀보다 한 수 이상 강하다.

그녀들은 따로 보연호궁사(寶燕護宮士)라는 이름을 갖고 있으며 보연궁 최고수다.

열일곱 명의 흑의여고수, 즉 보연호궁사들은 날카롭게 주위를 경계하면서 천천히 뚫린 철판 바닥으로 모여들었다.

삭!

그때 맨 뒤쪽의 보연호궁사의 목에서 아주 미약한 음향이 흘러나왔다.

그 음향은 너무 미미해서 그녀 자신만 겨우 들을 수 있을 정도였다. 아니, 느꼈다는 표현이 옳았다.

더구나 그녀는 자신에게 무슨 일이 일어났는지조차도 알지 못했다.

그래서 손으로 목을 쓰다듬으면서 계속 천천히 앞으로 걸어나갔다.

스르……

그런데 그녀의 목에 가느다랗고 흐릿한 혈선이 하나 가로로 생기는가 싶더니 그곳을 경계선으로 목 윗부분이 이탈되면서 느릿하게 뒤로 미끄러졌다.

그녀의 눈동자가 아래로 향했다. 그리고 자신의 깨끗하게 잘라진 목을 발견하고는 불신 어린 표정을 지으며 눈이 커다랗게 부릅떠졌다.

직후 그녀는 머리가 없는 자신의 몸뚱이가 여전히 앞으로 걸어가는 광경을 보면서 뒤통수에 강한 충격을 느꼈다. 머리통이 바닥에 떨어진 것이다.

그녀의 머리가 바닥과 충돌할 때에는 이미 그녀 좌우의 두 보연호궁사의 목이 잘려 있었다.

그리고 다른 보연호궁사들이 동료의 죽음을 발견했을 때에는 다섯 명의 동료들이 한결같이 목이 잘려 머리통이 바닥에 떨어졌거나 혹은 떨어지고 있는 중이거나, 아니면 목에 가로로 혈선이 그어졌다.

"흩어져라!"

위험을 느낀 우두머리, 즉 보연궁주가 다급하게 외쳤다. 그녀는 다른 보연호궁사와 다른 모습이 아니었으며, 단지 허리까지 이르는 긴 머리카락을 붉은 비단 천으로 뒤에서 하나로 묶은 모습이었다.

그런데 그녀가 막 외치고 허공으로 신형을 띄우려는 순간 한줄기 서늘한 기운이 그녀의 목을 스쳤다.

그녀가 평소에 정성을 들여 다듬던 삼단 같은 긴 머리카락이 먼저 베어져서 허공에 흩날린 후에 목 윗부분이 절단면에서 분리되었다.

보연호궁사들은 갈팡질팡했다. 순식간에 보연궁주와 동료 여섯 명이 목이 잘렸는데도 도대체 누구의 짓인지 알 수가 없기 때문이다.

파파팍!

또다시 네 명의 보연호궁사가 이번에는 미간에 구멍이 뻥뚫린 채 쓰러졌다.

보연호궁사들은 보이지 않는 살수가 당연히 태무악일 것이라고 짐작했다.

그리고 그가 사용하고 있는 검법이 광속참이라는 사실도 간파했다. 그렇지만 여전히 살인자의 모습은 발견하지 못하고 있었다.

보이지도 않는데다 추호의 기척도 내지 않는 적을 상대한다는 것은 숟가락 하나로 태산을 옮기는 것만큼이나 불가능한 일이다.

"저기 피다!"

눈에 불을 켜고 두리번거리던 보연호궁사 중에 한 명이 한 곳을 가리키면서 외쳤다.

그녀가 가리킨 곳은 바닥에서 삼 척, 오 척 반, 육 척 세 군데 높이의 허공이다. 허공의 세 군데에서 피가 뭉클뭉클 뿜어지고 있었다.

태무악이 다친 오른쪽 옆구리와 왼쪽 어깨, 왼쪽 쇄골에서 피를 흘리고 있는 것이었다.

피가 그의 몸속에 있을 때에는 무영투공 때문에 보이지 않지만, 일단 몸을 벗어나면 통제를 할 수 없으므로 보이게 되는 것이다.

태무악은 미처 지혈을 할 여유가 없었고, 그것을 보연호궁사가 발견했다.

하지만 너무 늦었다. 그때는 보연호궁사가 세 명밖에 남지 않았다.

아니, 또 한 명이 죽고 있었다. 그녀는 여태까지 죽은 동료들처럼 목이 잘리거나 미간이 뚫리지 않고 정수리에서 사타구니까지 몸이 세로로 갈라졌다.

절단면도 매끄럽지 않아서 온갖 장기와 내장, 그리고 피가 와르르 쏟아졌다.

평소 적을 죽일 때 목을 자르거나 미간을 관통하는 것을 즐겨하던 태무악이 화가 났다는 뜻이다.

마지막 남은 두 명의 보연호궁사는 동료들이 모두 죽었는데도 도망치지 않았다. 그녀들은 도망친다는 것을 아예 모르는 듯했다.

두 명의 보연호궁사는 두 방향으로 흩어져서 잔뜩 경계하며 태무악이 흘리는 세 군데 피를 무섭게 쏘아보다가 한순간 번개같이 그를 향해 덮쳐 가며 번갯불 같은 검광을 뿜어냈다. 검린으로 쪼개지 않은 전린부였다.

태무악은 피하지 않고 그 자리에 우뚝 서 있었다. 그리고 무영투공을 풀어 모습이 드러나게 했다.

두 명 남은 흑의여고수를 상대로 무영투공까지 전개할 필요가 없기 때문이다.

그는 그녀들이 발출한 검광을 무시한 채 신들린 듯한 사혼검법을 전개했다.

각각 다섯 개씩의 흑선이 다른 방향에서 쇄도하고 있는 두 명의 보연호궁사에게 뿜어졌다.

그리고 흑선들은 그녀들의 온몸을 다섯 등분으로 잘랐다.

第四十六章
변경(變更)

대武神무신

　태무악은 하루 만에 돌아오겠다고 삼풍호개에게 한 약속을 지키지 못했다.

　이유는 하나, 보연궁에 있는 재물을 엽전 하나 남기지 않고 깡그리 훔쳐 내느라 시간을 허비했기 때문이다.

　그는 보연궁에 재물이 얼마나 있을 것이라고 미리 예측을 하지는 않았으나 막상 그 실체를 확인하고는 잠시 동안 멍한 기분이었다.

　그렇게 어마어마한 돈이, 아니, 금화가 있을 줄은 예상하지 못했었다. 보연궁에는 은자 같은 것은 없었다. 모두 누런 금화뿐이었다.

사방과 지붕, 바닥까지 반 자 두께의 철판으로 둘러싸인 그 삼층 전각에는 삼십 개의 거대한 창고들이 있었으며, 그 안에 커다란 흑색의 철궤들이 꽉꽉 들어차 있었다.

태무악이 철궤 하나를 열어보았더니 작은 철궤 백 개가 빈틈없이 빽빽하게 들어 있었다.

작은 철궤를 열자 반짝이는 금화가 그득했고, 그것을 세어 보니까 정확하게 만 개였다.

즉, 작은 철궤 하나에는 금화 일만 냥이 들어 있었다. 고로, 커다란 철궤 하나에는 무려 금화 백만 냥이 담겨 있는 것이었다.

전각 안 삼십 개의 창고에는 그런 철궤가 정확하게 삼백이십칠 개가 있었다.

자그마치 금화 삼억 이천칠백만 냥이었다.

그런데 그게 전부가 아니었다. 삼층 구석에 한 자 두께의 철문으로 굳게 잠긴 방 안에는 열 개의 다른 크기, 다른 모양의 붉은 철궤가 있었다.

확인 결과 열 개의 철궤 안에는 이름도 모를 온갖 진귀한 보석과 보물들이 가득 들어 있었다.

태무악은 도합 삼백삼십칠 개의 철궤들을 태산의 깊숙하고도 은밀한 장소에 모조리 감추었다.

그것들을 일일이 나르느라 한나절이 걸렸다. 그래서 늦은 오후에야 북경성에 돌아올 수 있었다.

그는 단지 금화 일만 냥이 든 작은 철궤 하나만 가지고 돌아왔다.

"흐아……."

삼풍호개는 거실 탁자 앞 의자에 앉아서 태무악을 기다리다가 지쳐 늘어지게 하품을 했다.

상금과 수피, 홍랑은 주방에서 수다를 떨면서 요리를 하거나 요리 재료를 다듬고 있었다.

또한 마당에서는 몸이 좋아진 구당림이 장작을 패는 중이고, 끝 방에서 홍랑의 두 동생이 책을 읽는 소리가 낭랑하게 들려오고 있었다.

"흐악!"

삼풍호개는 하품 때문에 흘린 눈물을 소매로 찍어내면서 눈을 껌뻑거리다가 한순간 발버둥을 치면서 허파가 찢어지는 듯한 비명을 터뜨렸다.

그는 귀신을 본 듯한 얼굴로 탁자 맞은편을 쳐다보았다.

거기에는 언제 나타났는지 태무악이 꼿꼿한 자세로 앉아서 삼풍호개를 응시하고 있었다.

"으으… 태 형, 좀 평범하게 나타날 수는 없나? 자네 때문에 번번이 놀라느라 수명이 십 년은 줄어들었을 게야."

쿵!

태무악은 대답하는 대신 들고 있던 작은 철궤를 탁자 한복판에 묵직하게 올려놓았다.

작다고 하지만 커다란 철궤에 비해서 작다는 것이지 폭과 깊이가 한 자 반에 이르면 결코 작다고 할 수 없다.

"이게… 뭔가?"

"필요한 만큼 가져가라."

삼풍호개가 의아한 얼굴로 묻자 태무악이 조용히 대답했다.

그의 목소리를 듣고 주방의 세 여자와 장작을 패던 구당림이 우르르 달려왔다.

"악!"

모두들 인사를 하느라 분분한데 수피는 태무악의 왼쪽 쇄골과 어깨, 오른쪽 옆구리의 상처를 발견하고 자지러지는 듯한 비명을 터뜨렸다.

"아아… 나리, 다쳤다…….'

수피는 벌써 얼굴이 눈물범벅이 되어 어쩔 줄 모르며 발만 동동 굴렀다.

홍랑과 상금도 사색이 되어 태무악의 상처를 살펴보았다.

한눈에도 큰 상처라는 것을 알 수 있었다. 그런데도 태무악은 아무렇지 않다는 듯 태연했다.

상금에게 돈을 받아 든 홍랑이 의원에 가기 위해서 부리나케 밖으로 달려나갔다.

"어… 어서… 나리… 들어가서… 누워…….'

수피가 계속 펑펑 울면서 두 손으로 태무악의 팔을 잡아끌며 안타깝게 더듬거렸다.

"귀찮다."

그러자 태무악은 그녀의 손을 가볍게 뿌리쳤다.

우당탕!

"악!"

그 바람에 뒤로 쓰러질 듯한 자세로 잔뜩 힘을 주고 있던 수피는 바닥에 나동그라졌다.

보연궁에서부터 신경이 날카로워 있던 태무악이다. 그는 쓰러져 있는 수피를 거들떠보지도 않고 일어났다.

"자네 보연궁에 갔었나?"

그가 자신의 방으로 가려는데 삼풍호개가 입을 열었다.

그의 얼굴은 극도의 놀라움으로 가득 물들었고 시선은 탁자에 놓인 철궤에 뚫어지게 고정되어 있었다.

철궤 뚜껑 한복판에는 눈처럼 흰색의 제비 한 마리가 날개를 활짝 펼치고 날아가는 모습의 문양이 정교하게 양각(陽刻)되어 있었다.

그것은 보연궁을 상징하는 문양이다. 즉, 이 철궤는 보연궁에서 가져왔다는 뜻이다.

삼풍호개는 보연궁이 어떤 곳인지 잘 알고 있다. 그의 추측이 틀리지 않았다면 이 철궤에는 돈이 들어 있을 것이다.

태무악이 보연궁에 찾아가서 돈을 달라고 요구하니까 그들이 선뜻 철궤 하나를 내주었을 리가 만무하다.

태무악은 방에 들어갔고, 수피는 몹시 우울한 표정으로 일어나 자신의 방으로 들어갔으며, 상금과 구당림은 조심스럽게 자신들의 할 일을 하러 갔다.

척!

삼풍호개는 철궤의 고리를 풀고 뚜껑을 열었다. 예상했던 대로 안에는 금화가 가득 들어 있었다. 어림짐작으로 일만 냥은 족히 될 듯했다.

그는 급히 철궤 뚜껑을 다시 닫고 닫혀 있는 태무악의 방문을 쳐다보았다.

조금 전에 태무악이 몸에 세 군데 상처를 입은 것을 보았다.

삼풍호개는 깊이 생각하지 않아도 어떻게 된 일인지 짐작할 수 있었다.

'제정신이 아니로군. 보연궁에 잠입해서 금화를 일만 냥씩이나 훔쳐 내오다니, 이건 전례가 없었던 일이야.'

통천군림보 명정루에서 백호고수를 삼십사 명이나 죽이더니 이제는 무림십비 중에서도 가장 삼엄한 보연궁에서 금화를 일만 냥이나 훔쳐 온 태무악이다.

당금 무림에서 천존을 상대로 이처럼 엄청난 일을 저지르는 인물은 맹세코 한 명도 없었다.

천존에게 대항하려고 결성된 천추부림조차도 이런 것은 꿈조차 꾸지 못하는 일이다.

삼풍호개는 놀란 가슴을 애써 진정시키면서 생각을 정리해 보았다.

태무악이 명정루의 백호고수들을 죽였지만 들키지는 않았다.

그것 때문에 무림이 생긴 이래로 가장 많은 무림인과 군사들이 총동원되어 황도인 북경성을 샅샅이 수색하는 전대미문의 일이 벌어지고 있으며, 그가 발각될지 아닐는지는 아직 미지수다.

명정루의 일만큼은 아니지만, 보연궁에서 금화 일만 냥을 훔쳐 온 것도 결코 작은 일이 아니다.

만약 명정루의 일이 아니었으면 보연궁 일로 무림이 발칵 뒤집혔을 만큼 큰 사건이다.

태상사사자는 보연궁의 일도 태무악, 즉 무간백구호의 소행이라고 판단할 것이 분명하다.

'흠! 어쩌면 태 형이 저지른 두 개의 사건이 천존에게 항거하는 많은 사람들에게는 좋은 본보기가 될지도 모르겠군.'

결국 삼풍호개는 좋은 쪽으로 해석했다.

또한 위험하기는 하지만 자신이 잘 도와주면 북경성 수색에서 태무악의 존재가 드러나지 않을 것이라고 낙관했다.

뿐만 아니라 이후에도 열심히 끌고 밀어주어 그가 천존의 일인독재를 마감하는 거사(擧事)에 효시(嚆矢)가 될 수 있도록 하겠다는 자신감도 생겼다.

그는 철궤를 다시 열고 금화 오십 냥을 꺼내 품속에 잘 갈무리한 후 집을 나섰다.

북경성 전역이 벌집을 쑤셔놓은 듯했다.

수만 명의 무림고수와 군사들이 성 밖을 겹겹이 포위하여 완전히 출입을 통제한 상황이다.

그리고 태상사사자의 직속수하들, 즉 천중고수 사백 명이 성내를 북쪽에서부터 차근차근 수색하고 있었다.

천중고수들은 결코 서둘지 않았다. 한 집씩 먼지를 털어내듯이 철저하게 조사했다.

조사 대상에는 단 한 명의 예외도 없었다. 말 그대로 남녀노소를 불문했다.

아무리 어린아이라고 해도, 또한 며칠 안에 관에 들어갈 노인이라고 해도 반드시 조사했다.

대방찰은 무간백구호가 무간옥의 백팔살인공을 비롯하여 삼백육십구 종류의 무공을 배웠으며, 수백 종류의 생존술에 통달했다는 사실을 태상사사자에게 낱낱이 설명했다.

그것은 무간백구호가 신선을 방불케 하는 신통력을 지녔다는 뜻이기도 하다.

그렇기 때문에 태상사사자는 터럭만 한 가능성이라도 배제하지 말고 모든 방법을 동원하여 무간백구호를 찾아내라고 명령을 내렸다.

말하자면, 무간백구호는 어린아이이나 다 죽어가는 노인, 심지어 여자로도 자유자재로 변신할 수 있으며, 땅속이든 어디든 은둔할 수 있다는 사실을 주지하라는 것이다.

천중고수들은 마치 호구조사를 하듯이 그 집안의 가족 관계를 낱낱이 따지고, 조사 대상의 단전에 일일이 손바닥을 밀착시켜 공력과 무공이 있는지 없는지를 판별했다.

또한 온 집 안을 들쑤시고 땅을 파헤치는 등 할 수 있는 방법은 모조리 동원했다.

천중고수들은 북경성을 크게 열 개의 구획으로 나누어 하루에 한 구획씩 수색, 조사했다.

오늘은 사흘째, 북경성 북쪽 정중앙에 있는 안정문(安定門)에서 남쪽으로 뻗은 대로와 성의 동쪽에서 가장 북쪽에 위치한 동직문(東直門)에서 서쪽으로 뻗은 대로가 만나는 교차로 일대 만 오천여 호(戶)가 오늘 수색, 조사가 진행되고 있는 구획이다.

북경성에 출입하는 것을 통제했지만 성내에서는 누구든 자유롭게 다닐 수 있다.

단, 이미 조사와 수색을 마친 구획, 그리고 현재 진행하고 있는 구획의 사람들과 아직 조사와 수색을 마치지 않은 구획의 사람들은 서로 왕래할 수 없다.

그렇지만 끝낸 구획 안의 사람들끼리는 왕래가 자유롭다.

"제발… 들어가게 해주세요. 어머니가 위독합니다."

천중고수들이 가로막고 있는 교차로 부근에서 아낙네의 울음 섞인 애절한 목소리가 흘러나왔다.

초라한 복장의 부부가 천중고수 앞에서 눈물을 흘리며 연신 고개를 조아리고 있다.

남편의 등에는 혼절을 한 듯한 병약한 노파가 업혀 있고, 그 옆에서 삶에 찌든 꾀죄죄한 모습의 아낙네가 두 손을 비비면서 통사정을 했다.

"무령원에 가서 옥선께 어머니를 보여 드리지 못하면… 돌아가시고 말 것입니다. 부디 은혜를 베풀어 불쌍한 소인들을 들여보내 주세요. 제발… 흑흑흑……!"

천중고수들은 세 걸음마다 한 명씩 현재 조사와 수색을 하고 있는 구획을 등진 채 대로 복판에 길게 늘어서 있어서 행인들은 대로의 절반으로만 통행을 하고 있었다.

"의원으로 가시오."

아낙네 앞을 가로막고 서 있는 현무사자의 수하, 즉 현무고수는 딱딱한 얼굴과 말투로 중얼거렸다.

아낙네는 더욱 서럽게 눈물을 흘렸다.

"흑흑… 소인들은 너무 가난해서 끼니도 잇지 못하는 형편이라… 어머니를 의원으로 모시고 갈 형편이 못 됩니다."

현무고수는 슬쩍 미간을 좁히면서 약간 언성을 높였다.

"하면, 무령원에서는 돈을 받지 않는단 말이오?"

"그렇습니다. 무령원의 옥선께서는 아픈 사람들에게 일체 돈을 받지 않습니다. 그리고 그분의 의술은 너무도 뛰어나서 다 죽어가는 환자도 살린다고 합니다. 그러니 제발……."

현무고수는 더 이상 상대하기 싫다는 듯 아낙네를 외면했다.

지나가던 행인들이 하나둘 걸음을 멈추더니 잠깐 사이에 구경꾼이 수십 명으로 불었다.

하지만 그들은 안됐다는 표정만 지을 뿐이지 천중고수들의 기세에 눌려 아무도 나서지 못했다.

아낙네와 남편은 더욱 구슬프게 울면서 읍소했으나 현무고수는 그들에게 눈길조차 주지 않았다.

부부는 그 자리에 주저앉아 이마를 땅에 부딪치면서 절을 하다가 그마저도 소용이 없자 끝내 통곡을 하기 시작했다.

"여보시오."

그때 구경꾼 사이에서 한 사람이 걸어나오며 조용한 목소리로 말했다.

사람들의 시선이 일제히 그에게 쏠렸다.

그리고 그를 쳐다보는 순간 여기저기에서 나직한 감탄성과 신음 소리가 흘러나왔다.

그는 눈부시게 흰 비단 백삼을 입었다. 나이는 대략 이십이삼 세 정도.

키가 훤칠해서 육 척이나 됐으며, 가량가량한 체구에 머리를 틀어 올려 단정하게 문사건(文士巾)을 쓴 모습이었다.

갸름한 얼굴에 고생을 모르고 귀하게 자란 듯 희고 곱상한, 그리고 눈부실 만큼 준수한 용모를 지녔다.

그러나 사람들의 감탄을 자아내게 한 것은 그의 준수한 용모가 아니었다.

그가 지니고 있으며 봄바람처럼 매초롬하게 풍겨내고 있는 고아한 기품 때문이었다.

그의 서글서글한 눈과 붉은 입술이 미소를 머금고 있었다.

인위적인 미소가 아닌, 천성적으로 타고난 온화한 미소였다.

한마디로, 그는 천하의 모든 여자들이 꿈꾸는 완벽한 남성상이었다.

그는 손에 들고 있는 청색 비단으로 만든 나선(羅扇:비단 부채)을 접으며 천천히 현무고수에게 걸어갔다.

걸음걸음에서 기품이 넘쳐 났다.

이윽고 그는 현무고수 앞에 걸음을 멈추고 잔잔한 미소를 입가에 머금으며 말문을 열었다.

"지금 당신들이 하고 있는 통제의 목적이 무엇이오?"

현무고수는 온갖 수련과 수양을 쌓은 사람이지만 이상하게도 백삼청년 앞에서는 부지중 긴장을 했다.

"한 사람을 찾는 것이오."

백삼청년은 부부와 노파를 가리켰다.

"그 사람이 이들 중에 있소?"

"모르겠소."

백삼청년은 현무고수 뒤쪽을 가리켰다. 물론 햇살처럼 부드러운 미소를 잃지 않았다.

"저 안에서 누군가를 찾고 있는 당신 동료들은 아마도 모종의 방법을 사용하여 그 사람을 찾아내고 있는 것이오?"

"그렇소."

"하면 그 방법을 이들에게 해보시오."

"……."

"그래서 이 세 사람 중에 당신들이 찾는 사람이 있다면 잡아가시오. 하지만 그렇지 않다면 이들을 통제구역 안으로 들어가게 해주시오."

현무고수는 잠시 잃었던 본성을 되찾아가고 있었다. 그는 굳은 얼굴로 백삼청년을 쳐다보았다.

"규칙상 그럴 수 없소."

"규칙은 누가 정한 것이오?"

현무고수는 대답하지 않았다. 백삼청년을 무시하기로 작정한 것이다.

그러나 백삼청년은 개의치 않고 할 말을 계속했다.

"나는 당신들의 우두머리가 병에 걸린 노파와 그녀의 효성 지극한 자식들까지 통제하라고 명령했을 것이라고는 생각하지 않소."

그의 목소리는 나직하면서도 부드럽고 낭랑해서 주위의

사람들이 똑똑히 듣고 있었다.

사람들은 그의 말에 흥미를 느끼고 용기를 내어 조금씩 앞으로 다가왔다.

"나는 또한 지금 이 일을 당신이 우두머리에게 자초지종 보고를 한다면, 그가 능히 허락해 줄 것이라고 믿는데, 당신 생각은 어떻소?"

"규칙을 어길 수는 없소."

"인간이 세운 규칙이란 원래 깨지라고 있는 것이오."

"감히! 말을 삼가시오!"

현무고수가 발끈해서 은근히 눈을 부라리며 백삼청년을 쏘아보았다.

그래도 백삼청년은 끄떡도 하지 않았고 얼굴의 미소도 사라지지 않았다. 그는 희고 긴 손가락 하나를 세우면서 조용히 말을 이었다.

"만약 황제 폐하께서 이곳에 친히 왕림하셔서 저 안으로 들어가겠다고 말씀하신다면, 당신은 어떻게 하겠소? 규칙을 어겨서는 안 되기 때문에 황제 폐하를 제지하겠소?"

"……."

현무고수는 입이 붙어버렸는지 대답을 하지 못했다. 그러면서 그는 구경꾼들이 고개를 끄덕이는 것을 보았다.

백삼청년은 하나의 예를 더 들었다.

"만약 당신들 우두머리의 우두머리가 이곳에 와서 들어가겠다고 하면, 그도 막을 것이오?"

"……."

현무고수의 우두머리의 우두머리라면 천존이다. 그가 직접 이곳에 온다면 아무도 막지 못할 것이다.

백삼청년은 빙그레 미소 지었다.

"그것 보시오. 규칙이란 참으로 하잘것없는 것이오. 이제 당신은 당신의 재량이든 아니면 이곳 책임자의 재량을 발휘하여 이 사람들을 조사해 보고 나서 문제가 없다면 들여보내야 할 것이오."

현무고수로서는 추호도 반박의 여지가 없는 말이었다.

물론 그의 앞에 주저앉아서 울고 있는 부부와 노파가 황제나 천존에 비할 수는 없다.

하지만 논리적으로 따지자면 다르지 않다. 황제와 천존은 천중고수들이 세운 규칙을 깰 수 있는데 어째서 가난한 백성은 그럴 수 없다는 것인가.

구경꾼들은 현무고수를 뚫어지게 주시하며 무언의 강압을 보내고 있었다.

궁지에 몰린 현무고수는 일단 이곳의 책임을 맡고 있는 현무전령(玄武傳令)에게 말이나 해봐야겠다고 생각했다.

자리를 비운 현무고수는 잠시 후 책임자인 현무칠령(玄武七令)을 데리고 왔다.

이미 설명을 들은 현무칠령은 날카로운 눈으로 현장에 있는 사람들을 쓸어보았다.

그는 이미 마음속으로 '불허(不許)' 방침을 단단히 세워두고 있었다.

규칙이란 한 번 깨지면 다른 것들까지 연쇄적으로 깨진다는 사실을 잘 알고 있기 때문이었다.

문득 시선이 백삼청년에게 이른 순간 현무칠령의 동공이 더할 수 없이 커졌다.

그는 만면에 경악지색을 떠올린 채 눈을 껌뻑거리면서 백삼청년을 쳐다보았다.

절대 잘못 본 것이 아니다. 틀림없이 자신이 알고 있는 그분이었다.

머릿속이 하얗게 탈색되고 온몸이 후드득 떨렸다.

'마… 맙소사……'

그는 황급히 그 자리에 부복하려고 무릎을 굽혔다.

아니, 그러다가 뚝 멈추었다. 그는 구부정한 자세로 백삼청년을 빤히 주시하다가 허리를 쭉 폈다.

마치 백삼청년이 하는 말을 듣고 있는 듯한 모습인데, 정작 백삼청년은 온화한 미소만 짓고 있을 뿐 입술을 조금도 움직이지 않고 있었다.

현무고수는 이상하다는 얼굴로 현무칠령과 백삼청년을 번갈아 쳐다보았다.

그때 현무칠령이 즉시 현무고수에게 명령했다.

"이들을 조사한 후에 통과시켜라."

현무고수는 자신의 귀를 믿지 못하겠다는 듯한 얼굴로 현무칠령을 쳐다보았다.

현무칠령은 슬쩍 인상을 썼다.

"당장 시행해라."

현무고수가 급히 부부와 노파를 일으키고 있을 때 현무칠령은 백삼청년을 쳐다보다가 얼굴빛이 흐려졌다.

백삼청년이 감쪽같이 사라졌기 때문이다. 급히 주위를 살펴보았지만 그의 모습은 어디에서도 보이지 않았다.

현무칠령은 한바탕 꿈을 꾼 듯한 얼굴로 내심 신음하듯이 중얼거렸다.

'틀림없는 그분이었어…….'

이어서 그는 이 사실을 태상사사자에게 보고하기 위해 즉시 그 자리를 떠났다.

북경성 남쪽에서 두 번째에 있는 성문인 화평문(和平門)에서 북쪽으로 곧게 뻗은 화평로(和平路)를 따라서 삼백여 장쯤 올라가다 보면 하나의 아담한 호수가 나타난다.

자금성의 북쪽에서 서쪽을 면하여 남쪽으로 길게 띄엄띄엄 이어져 있는 네 개의 호수 중 가장 남쪽에 있는 남해(南海)라는 호수다.

이름에 바다 해(海) 자를 쓰고는 있지만, 실상은 폭 일 리에 길이 이 리 반 남짓의 아담한 연못 수준이다.

남해 남쪽에는 화평로와 선무로(宣武路)가 만나는 교차로가 있으며 성내에서 가장 번화한 장소 중에 하나다.

그곳 대로변에 있는 어떤 주루가 오늘 주루 이름을 바꿨다.

청은루(淸銀樓)가 바뀐 이름이다.

그 이름의 '청은' 이 십팔 년 전에 천존의 하수인들에 의해서 비참하게 비명에 죽은 태무악의 부모 이름에서 한 글자씩 땄다는 사실을 알고 있는 사람은 아무도 없었다.

이 주루는 목이 좋은 장소에 자리를 잡고 있었으면서도 지금까지는 그다지 손님들의 주목을 받지 못했었다. 즉, 장사가 전혀 안 됐었다는 얘기다.

이유는 한 가지, 요리 솜씨가 형편없었기 때문이었다.

그런데 주루의 이름이 청은장으로 바뀐 첫날인 오늘, 주루 안에는 계속 밀려드는 손님들로 발 디딜 틈조차 없이 붐비고 있었다.

손님들은 연신 요리가 너무 맛있다고 침을 튀기면서 칭찬하기 바빴고, 서로 먼저 요리를 시키느라 고함을 지르며 북새통을 이루었다.

어제까지만 해도 하는 일이라곤 늘 파리만 잡던 두 명의 점소이는 밀려드는 손님들 때문에 엉덩이에서 비파 소리가 날 정도로 바빴다.

이 기적의 장본인은 청은루에 새로 온 주방장 겸 주인의 부인이었다.

그녀 상금은 주방에서 직접 두 팔을 걷어붙이고 한 명의 요리사와 함께 숨 쉴 틈 없이 쏟아지는 주문에 맞추느라 정신없이 바빴다.

원래 지독하게 장사가 안 되던 주루라서 요리사는 달랑 한 명에 점소이는 두 명뿐이었다.

성내의 다른 주루에서는 요리사 서너 명에 대여섯 명의 점소이가 일하는 것을 감안하면, 이곳이 그동안 얼마나 장사가 안 됐었는지 짐작할 수 있을 것이다.

청은루 주인이 된 구당림은 아직 성한 몸이 아니지만 그냥 두고 볼 수가 없어 점소이들과 함께 분주하게 손님들 시중을 들고 있었다.

주루가 어떤가 보러 왔던 수피와 홍랑은 미어터질 것 같은 주루 안을 보고는 수피는 주방으로, 홍랑은 요리를 나르기 위해서 팔을 걷고 달려들었다.

태무악은 텅 빈 집 자신의 방 돌 침상 위에 가부좌의 자세로 앉아 있었다.

운공조식을 하는 것이 아니다. 보연궁에서의 싸움에서 절실하게 느낀 것이 있기 때문이었다.

그는 무이산에 은거해 있는 삼 년 동안 심혈을 기울였으면서도 끝내 완성하지 못했던 세 가지 무공을 어떻게든 완성하기로 결심했다.

오행신체인 그가 어떤 무공보다 먼저 연마하기 시작했으면서도 아직 완성하지 못했다면, 그 세 가지 무공이 얼마나 난해하고 또 완성을 했을 경우에는 위력적일지 미루어 짐작할 수 있을 터이다.

태상사사자의 지휘로 사백 명의 천중고수들이 북경성 내를 샅샅이 수색, 조사하기 시작한 지 오늘로 사흘째다.

태무악은 계획을 변경했다.

처음에는 태상사사자와 천중고수들을 모조리 북경성 내로 끌어들인 후에 일단 부딪쳐 싸우면서 차근차근 생각하자는 계획이었다.

그러나 보연궁에서 보연호궁사 이십 명과 싸워본 이후 이대로는 안 되겠다는 생각을 하게 되었다.

사실 처음 계획은 거의 무계획에 가까웠다. 싸우다 보면 뭔가 나오겠지. 싸우는 것이라면 자신이 있다. 대충 그런 생각이었다.

그런데 보연궁에 다녀와서 생각이 바뀌었다. 준비가 없다는 것, 그리고 무계획이 일을 그르칠 수도 있다고 생각했다. 아니, 필경 그렇게 될 것이다.

더구나 싸움을 하는 것이 자신감만 갖고는 안 된다는 사실을 깨달았다. 실력이 받쳐 주지 않는 자신감은 만용이고 객기일 뿐이다.

이대로 싸웠다가는 백전백패할 것이다. 그런 뼈아픈 교훈과 자숙을 얻었다.

일을 그르친다는 것은 천존을 죽이지 못하게 되는 것이고, 또한 부모의 원수를 갚지 못한 채 태무악 자신이 죽는 것을 뜻한다.

기회라는 것은 두 번 세 번 반복해서 찾아오지 않는다. 언제나 기회는 단 한 번뿐이다. 그 사실을 망각하지 말고 매사에 치밀하게 대처해야 한다.

태무악은 일단 자신을 찾아내겠다고 서슬이 퍼래서 날뛰고 있는 태상사사자와 천중고수들, 그리고 수만 명의 무림인과 군사들을 피해가기로 했다.

말하자면 소나기는 잠시 피하자는 뜻이다. 억수같이 쏟아지는 빗속으로 걸어 들어가면 아무리 우비를 입고 우산을 썼더라도 젖지 않을 수가 없다.

지금이 그런 상황이다. 지금은 빗속으로 나설 때가 아니라 소나기가 그칠 때를 대비해서 한 움큼이라도 힘을 키우고 계획을 짤 시기인 것이다.

第四十七章
풍운(風雲)

大武神 무신

태상사사자는 여전히 통천군림보 명정루에 머물고 있었다.

명정루는 얼마 전까지 백호오령이 이끄는 백호고수들이 머물던 곳이다.

다시 말해서 태상사사자 같은 거물들이 머물 만한 곳은 못 된다는 뜻이다.

통천군림보 내에는 보주의 거처를 비롯하여 크고 화려한 전각이 몇 채 있다. 하지만 태상사사자는 명정루를 떠나지 않았다.

통천군림보주 적사검협(赤射劍俠) 백일기(白溢基)가 몇 차례에 걸쳐서 그들에게 거처를 좋은 곳으로 옮길 것을 명정루 입구를 지키는 천중고수를 통해서 간곡하게 사정했으나 들으려고 하지 않았다.

그뿐만이 아니었다. 죽은 백호오령은 위세가 당당했었는데, 그의 하늘 같은 상전이 네 명씩이나 머물고 있으면서도 위세는커녕 아예 없는 존재들처럼 조용하기만 했다.

적사검협 백일기는 하루하루가 가시방석에 앉은 것처럼 죽을 맛이었다.

그는 무림에 몸을 담은 지난 사십여 년 동안 한 번도 태상사사자의 진면목을 본 적이 없다.

태상사사자 네 명 전원이 통천군림보 내에서 묵고 있는 지금도 그들을 보지 못하기는 마찬가지다.

그들은 백일기가 문안을 드리는 것조차 거절했다. 접대가 너무 소홀한 것 같아서 세 차례나 거창한 연회를 마련해 놓고 자신이 직접 태상사사자를 모시러 갔었지만 언제나 그랬듯이 문전에서 거절을 당했다.

지금도 백일기는 네 번째 연회를 준비해 놓고 태상사사자를 모시러 명정루에 왔다.

그들이 거절한다고 해서 아무것도 하지 않은 채 손을 놓고 있을 수는 없는 일이다.

그들이 코빼기도 내비치지 않고 아무런 반응을 보이지 않아도 백일기는 자신의 할 일을 해야만 한다.

나중에 통천군림보에 손톱만큼이라도 이익이 돌아오게 하려면, 아니, 이익은 과욕일지 모른다.

그저 태상사사자의 눈 밖에 나서 하루아침에 떨거지 신세가 되지 않으려면 기회가 있을 때 부지런히 발버둥을 쳐놔야 하는 것이다.

백일기는 명정루 일층 입구의 문을 가볍게 두드리며 정중히 말했다.

탕탕탕!

"네 분 존위(尊位)를 연회에 모시려고 왔소. 말씀을 전해주기 바라오."

그러나 문 안쪽에서 무슨 대답을 하기도 전에 백일기의 뒤쪽에서 나직하지만 웅혼한 외침이 들려왔다.

"비키시오!"

백일기와 그를 수행한 다섯 명의 당주들이 급히 뒤돌아보니 현무고수 한 명이 경공을 전개하여 곧장 명정루로 달려오고 있었다.

백일기의 얕은 지식으로 봤을 때 달려오고 있는 현무고수는 현무전령의 복장이었다.

통천군림보의 보주와 다섯 명의 당주는 일개 현무전령의 호통에 즉시 옆으로 비켜섰다.

문이 열렸고 현무전령은 빨려들 듯이 안으로 사라졌다.

그리고 다시 문이 닫혔으며, 백일기가 연회에 태상사사자를 초대하겠다는 것에 대한 대답은 없었다.

　명정루 오층 회의실에는 깊은 바다 속 같은 무겁고 어두운 침묵이 오랫동안 흐르고 있었다.

　실내에는 태상사사자 네 명뿐이었다.

　그들은 한 시진 전에 한 가지 엄청난 보고를 받았고 반 시진 동안 격론을 벌였었다.

　하지만 별다른 해결책 또는 진전없이 대화가 중지됐으며, 지금껏 침묵이 반 시진째 이어지고 있었다.

　대체 어떤 일이 태상사사자 같은 거물들을 이처럼 초토화시킬 수 있겠는가.

　보연궁의 전멸. 그리고 약 삼억 냥의 금화와 그 이상의 가치를 지니고 있는 일만 관(貫)의 보물이 감쪽같이 도난을 당한 사건 때문이었다.

　태상사사자 모두 돌덩이처럼 굳은 표정이었다. 아마 이들은 평생 지금처럼 심각한 표정을 지어본 적이 없을 것이다.

　보연궁의 전멸과 막대한 재물의 도난은 태상사사자에게 두 가지 사실을 각인시켜 주었다.

　첫째, 이제부터 천존 휘하의 전체 세력은 극심한 자금난에 허덕여야 한다는 것.

　둘째, 무간백구호가 보연궁을 전멸시켰을 것이며, 예상했던 것보다 그가 훨씬 고강하다는 사실이다.

두 가지 다 심각한 일이다.

거대하다는 표현만으로는 턱없이 부족한 천존의 세력이, 주작사자가 거느리고 있는 천하의 점포들에서 보연궁으로 수입금이 다시 입금될 때까지 무려 한 달 동안 최악의 빈곤 속에 빠져 있어야 한다.

천존의 세력 천중신군은 '하늘이 내린 신의 군대'라는 뜻을 갖고 있다.

그 '하늘이 내린 신의 군대'가 한 달 동안 보급이 완전히 끊겨서 매월 그들에게 지급되는 녹봉이나 일반적인 수많은 지출은 고사하고, 끼니를 걱정해야 할 상황에 처한 것이다.

그런 일이 벌어지지 않게 하려면 주작사자가 무슨 수를 써서라도 돈을 변통해야만 한다.

천중신군 전체에 한 달에 소요되는 비용은 금화 사천오백만 냥에서 오천만 냥이라는 엄청난 액수다.

주작사자 휘하의 모든 점포들이 보유하고 있는 여유 자금을 긁어모으면 어떻게든 그 정도는 메울 수 있을 것이다.

그렇다고 문제가 해결되는 것이 아니다.

천중신군의 여유 자금인 금화 삼억 냥과 그보다 더 큰 액수의 보물이 없는 한, 천존 이하 전체 천중신군은 간당간당 겨우 끼니만 연명해야 하는 것이다.

"안 되겠어요."

고민에 고민을 거듭하고 있던 주작사자가 마침내 쥐어짜

는 듯한 목소리로 말문을 열었다.

"중지해야겠어요."

보연궁 전멸이라는 보고에 가장 큰 충격을 받은 사람은 누가 뭐래도 주작사자였다.

항상 미소 짓는 얼굴이고 그늘이라고는 없는 해맑은 모습의 그녀였지만, 그 보고를 들은 이후부터 웃음을 잃었다.

아니, 들끓는 분노를 표출하지 않으려고 애면글면하고 있다는 표현이 적절했다.

"뭘 말이오?"

현무사자는 주작사자가 무엇을 중지하자는 것인지 뻔히 알면서도 물었다.

또한 그의 물음에는 주작사자의 제안에 대한 강한 반대가 깔려 있었다.

그의 의중을 간파한 주작사자가 초승달 같은 아미를 상큼 치켜뜨며 현무사자를 바라보았다.

그녀의 눈이 약간 충혈되었고 파르스름한 한기가 서려 있음을 발견한 현무사자는 슬쩍 덴겁하여 입을 다물었다.

태상사사자 모두 한가락씩 하는 거물들이지만, 특히 화가 나면 보이는 것이 없는 주작사자의 성질을 건드려서 좋을 것이 없기 때문이다.

주작사자는 자신의 입으로 이런 말을 해야 하는 것이 죽는 것만큼이나 싫었으나 어쩔 도리가 없었다.

"성 밖을 포위하고 있는 군사들의 보급은 나라에서 책임질 테니 걱정할 것 없지만, 우리가 동원한 무림인들은 그만 돌려보내야 해요."

천중신군이 한 달 동안 끼니를 걱정해야 하는 판국에 무림인들까지 신경을 쓸 겨를이 없는 것이다.

세 명의 사자는 침묵으로 주작사자의 말에 동의했다.

주작사자 옆에 앉은 청룡사자가 거들었다.

"보급이 제대로 된다고 해도 북경성을 포위하고 성내를 수색하는 것은 더 이상 무의미하오."

그는 씁쓸하게 미소 지었다.

"아무리 철통같이 포위를 하면 무얼 하겠소? 그 아이는 여보라는 듯이 빠져나가 보연궁을 그 지경으로 만들어놓았는데 말이오."

이를테면 무간백구호는 이미 북경성 내에 없거나, 삼엄한 포위망을 비웃기라도 하듯이 제 맘대로 자유롭게 드나들고 있는데 여기저기 큰 구멍이 뚫린 그물을 아무리 옥죄어봐야 무슨 소용이 있느냐는 뜻이다.

청룡사자의 말에도 이견을 제기하는 사람은 없었다. 옳은 말이기 때문이다.

말을 하는 도중에 청룡사자는 스스로의 무거운 마음을 털어버리려고 애썼다.

그는 천성적으로 낙천적인 사람이라서 어둡고 음습하며

무거운 것을 싫어한다.

그와는 성격이 정반대이며 다혈질이기도 한 현무사자가 입 안에서 웅얼거리듯이 말했다.

"그렇다면 그 아이를 잡는 일이 다시 원점으로 돌아갔다는 것인가?"

"아닐 것이오."

낙천적인데다 머리가 좋은 청룡사자가 손가락 하나를 세워서 가볍게 흔들어 보였다.

"그 아이는 다시 북경성으로 돌아왔을 것이오."

"어째서 그렇게 생각하오?"

그 대답은 오랫동안 침묵을 지키고 있던 백호사자가 대신해주었다.

"지금까지 무간백구호의 행적으로 미루어 그 아이는 주군께 원한이 있는 듯하오."

"하룻강아지 같은……."

현무사자는 눈살을 찌푸리면서 말하다가 자신이 백호사자의 말을 끊었음을 깨닫고 말끝을 흐렸다.

백호사자는 가볍게 고개를 끄덕여 보이고는 말을 이었다.

"그렇지만 무간백구호는 주군에 대해서 아는 바가 전혀 없소. 해서 정보가 필요할 것이오. 그래서 우릴 이곳으로 끌어들인 것 같소."

현무사자가 무슨 소리냐는 듯한 표정을 지었다.

"우릴 끌어들였다고? 어째서 그렇게 생각하오?"

"아마 무간백구호는 우리 태상사사자의 존재에 대해서는 알고 있는 것 같소. 그래서 우리를 징검다리 삼아서 주군에 대해 알아내고 접근하려는 속셈인 듯하오."

"얼토당토않은 말이오."

현무사자가 세차게 고개를 가로저었다.

백호사자는 내심을 일체 드러내지 않는 성품답게 조용한 어조로 물었다.

"무간백구호가 명정루에 있던 내 휘하 삼십사 명을 왜 죽였다고 보시오?"

"그것은……."

조금 전까지만 해도 그것에 대해서는 '무간백구호의 단순한 복수'라고만 여기고 있던 태상사사자였다.

그러나 '보연궁 전멸'이라는 엄청난 보고를 받은 이후에 많은 생각을 했었다.

그래서 얻은 결론 중 하나를 지금 백호사자가 설명하고 있는 것이다.

"우리를 북경성으로 끌어들이기 위한 미끼였던 것 같소."

"미끼? 그럼 우리가 그 미끼를 물었다는 말이오?"

"그렇소. 우리가 무간백구호를 북경성으로 몰아넣은 것이 아니라 그 아이가 우릴 끌어들인 것이오."

현무사자는 어이가 없다는 듯 손바닥으로 자신의 이마를

소리나게 쳤다.

"허어! 콩알만 한 녀석이 우릴 끌어들여서 뭘 어쩌자고?"

백호사자의 얼굴이 차분하게 가라앉았다.

"싸워보자는 것일 게요."

현무사자는 할 말을 잃은 듯 허! 허! 소리만 냈다.

백호사자가 결론을 맺었다.

"그런 이유 때문에 그 아이가 보연궁을 전멸시키고 다시 북경성으로 돌아왔을 것이라고 짐작하는 것이오."

"발칙한……."

현무사자가 발끈 성질을 냈다.

그때 주작사자가 백호사자를 보며 거의 명령조로 말했다.

"벽력제, 수색을 당장 중지시켜요. 다 쓸데없어요."

백호사자는 고개를 끄덕였다.

"그럴 생각이오."

그는 주작사자를 응시하며 조용히 물었다.

"천봉후께 무슨 좋은 방법이라도 있소?"

주작사자의 얼굴에 한 겹 서리가 깔렸다.

"그놈을 직접 내 손으로 잡겠어요."

태상사사자는 지금껏 '무간백구호'나 '그 아이'라는 호칭을 사용했는데 그녀가 최초로 '그놈'이라고 표현했다.

그만큼 격분하고 있다는 뜻이고, 더 이상 아이처럼 상대하지 않겠다는 각오였다.

그녀는 천천히 일어서며 이를 뽀드득 갈았다.

"그놈은 방금 전에 내 적이 됐어요."

척!

그때 방문이 급히 열리며 백호일위가 들어서는데 얼굴에 놀라움과 다급함이 뒤섞여 있었다.

그리고 그 뒤에는 백호일위를 놀라게 만든 소식을 전한 현무칠령이 따르고 있었다.

태상사사자는 두 수하의 표정을 발견하고 뭔가 심상치 않음을 직감했다.

그 순간 그들의 뇌리를 때린 것은 무간백구호가 또 무슨 일을 저지른 것인가, 하는 것이었다.

하지만 백호일위의 입에서 나온 보고는 전혀 달랐다.

"천풍대공께서 북경성에 왕림하셨습니다."

청풍장(淸風莊) 앞에는 수십 명의 백호고수들이 질서있게 운집해 있었다.

그들은 방금 청풍장 맞은편 장원에 대한 수색과 조사를 마치고 다음 대상 청풍장 앞에 모인 것이다.

이윽고 백호고수들의 우두머리인 백호사령(白虎四令)이 굳게 닫혀 있는 청풍장 전문을 힐끗 쳐다보며 가볍게 고개를 끄덕였다.

그러자 백호고수 한 명이 전문 앞으로 다가가 주먹으로 묵직하게 두드리며 외쳤다.

탕탕탕!

"실례하겠소! 조사 중이니 협조해 주시오!"

그러나 청풍장 안에서는 아무런 반응이 없었다.

사람이 없기 때문이 아니다. 아니, 사람이 너무 많아서 대답을 못하는 것이다.

청풍장 안에 있는 사람 오십칠 명은 모두 천추부림에 가입한 무림인들이었다.

"어… 떻게 하면 좋겠습니까? 이대로 가만히 있으면 곧 저자들이 전문을 부수던가 담을 넘어 쏟아져 들어와 모든 게 끝장날 것입니다."

넓은 대전에 모여 있는 오십칠 명 중에 한 명이 단상의 의자에 앉아 있는 청수한 모습의 중년인을 보며 극도로 초조한 표정을 지으며 물었다.

청수한 중년인은 이곳 청풍장의 장주인 청풍수사(淸風秀士) 남오교(南午校)이고, 대전에 있는 오십육 명 중에 삼십 명은 그의 제자들이었으며, 나머지 이십육 명은 각지의 무림고수들이었다.

사실 이곳 청풍장은 천추부림의 북경 지부다. 그리고 청풍장 제자가 아닌 이십육 명은 며칠 전에 있었던 무림정청회에 참가했던 무림각파의 후기지수들이다.

무림정청회는 반년마다 한차례씩 열리는 회합으로써, 무

림의 내로라하는 방, 문파의 후계자나 이름 높은 청년고수들
이 총망라되어 있으며 그 수는 사백여 명에 달한다.

그들 중에 백십팔 명이 천추부림에 가입했고, 모두 청풍장
에 모였다가 구십이 명이 자파로 돌아가고 이십육 명이 남아
있었던 것이다.

이들은 천중신군이 수만 명의 무림인과 그보다 더 많은 군
사들을 동원하여 북경성 밖에 포위망을 겹겹이 형성하고 또
성내를 수색할 줄은 꿈에서조차 예상하지 못했었다.

또한 성내 전체를 열 구획으로 나누고는 구획 안에서만 왕
래를 허락할 줄은 더더욱 몰랐었다.

더구나 운이 없는 것은, 청풍장이 속한 구역은 장원 밀집
지역이라서 번화가에서는 흔하디흔한 주루나 객점이 단 하나
도 없다는 사실이다.

그렇다고 생면부지 남의 장원에 몸을 의탁할 수는 없는 노
릇이었다.

그래서 무림정청회에 참가했다가 천추부림 북경 지부인
청풍장에 들러 늑장을 부리고 있던 이십육 명은 오도 가도 못
하는 신세가 돼버린 것이다.

이들은 바깥의 동향에 대해서 거의 모르고 있다. 다만 천중
신군과 무림인들이 동원되어 북경성 내를 이 잡듯이 뒤지고
있다고만 여길 뿐이었다.

그리고 천중신군이 혈안이 돼서 찾으려고 하는 것이 자신

들 천추부림 소속 무림인일 것이라고 믿고 있었다.

탕탕탕탕!

"문을 열지 않으면 부수겠소!"

그때 조금 전보다 더 큰 소리가 전문 쪽에서 들려왔다.

그러자 오십칠 명 모두의 얼굴에 극도의 초조함이 가득 떠올랐다.

"싸웁시다."

그때 누군가 나직하지만 웅혼한 목소리로 입을 열었다.

모두의 시선이 일제히 그에게 집중됐다.

그는 당당한 체구의 이십오륙 세가량인 녹의를 입은 청년이었다.

사각의 턱에 턱 아래까지 자란 시커먼 구레나룻, 부리부리한 눈에 두툼한 입술을 지닌, 일견하기에도 용맹한 풍모이면서도 준수한 청년고수였다.

그는 안휘성 합비(合肥) 벽파도문(碧波刀門)의 소문주인 벽류도(碧流刀) 단유랑(單裕郎)이었다.

단유랑은 지그시 어금니를 악물고 오른손으로 어깨의 푸르스름한 한 자루 도의 도파를 움켜잡은 채 이글거리는 눈빛으로 중인을 쓸어보았다.

"가만히 앉아 있다가 당하는 것보다는 우리가 먼저 놈들을 공격합시다."

그 말이 '싸우다가 죽자' 라는 뜻이라는 것을 알아듣지 못하는 사람은 없었다.

아무도 입을 열지 않았다. 세상에는 궁하면 통한다는 말이 있지만, 지금 상황에는 적용되지 않을 듯했다.

지금으로선 단유랑의 말이 최선이며 최후의 방법이었다.

그나마 천추부림의 고수들이 천존에 대항하여 마지막까지 사력을 다해서 싸우다가 장렬하게 죽어갔다는 소문이라도 무림에 남길 수 있는.

단유랑은 자신의 왼편에 다소곳이 서 있는 너무나도 아름다운 남의소녀를 쓸쓸하게 바라보았다.

남의소녀는 단유랑의 하나뿐인 누이동생 옥소검미 단예다.

경국지색의 미모 때문에 강북일미(江北一美)로 더 잘 알려진 올해 십구 세의 소녀였다.

단유랑은 누이동생 단예의 얼굴에 흐릿한 안타까움이 떠올라 있는 것을 발견했다.

그는 단예가 죽음 따위를 두려워하지 않는다는 것을 알고 있다. 그리고 그녀가 지금 무엇을 안타까워하는지는 더 잘 알고 있었다.

단예가 안타까워하는 만큼은 아니지만, 단유랑도 그녀와 같은 이유 때문에 안타까운 마음을 금하지 못했다.

삼 년 전, 이들 남매는 그 당시 무림의 공적(公敵)이던 혈신도(血神刀)를 죽이기 위해서 많은 무림군웅들과 함께 추격을 했었다.

그 와중에 셀 수 없을 정도로 많은 무림고수들이 죽었으며, 단유랑도 혈신도에게 중상을 당해 죽음을 목전에 두고 있는 절박한 처지였었다.

그때 마침 지나가던 한 명의 소년이 기적처럼 단유랑을 치료해서 살려주었다.

누이동생 단예의 설명에 의하면, 그 소년은 더할 나위 없이 준수한 용모에 헌칠한 모습이고, 마치 천신 같은 빼어난 기상을 지녔다고 했다.

그 당시 단예는 오라비 단유랑을 치료해 주면 죽을 때까지 소년의 종이 되어 섬기겠다고 맹세했었다.

그 말을 전해 들은 단유랑은 이름도 얼굴도 모르는 소년고수에 대한 존경심과 그리움이 뼛속까지 사무쳤었다.

그리고 그 마음은 지금도 변함이 없다. 죽는 것은 추호도 두렵지 않으나 그 소년고수에게 은혜를 갚지 못하고 죽는 것이 억울했다.

그때 단예가 단유랑을 보며 살며시 고개를 끄덕였다.

함께 싸우다 죽자는 뜻이었다.

"단 형의 말씀이 옳소. 싸우다가 죽읍시다."

그때 단예 옆에 서 있던 한 명의 청년고수가 힘있는 어조로 말했다.

그는 진도문 소문주인 강탁이었다. 이런 절박한 상황에서도 강탁에게는 하나의 위로가 있었다.

자신이 수년 동안 열렬하게 짝사랑해 오던 옥소검미 단예와 함께 죽을 수 있다는 사실이 바로 그것이다.

"갑시다!"

"나가자!"

단유랑과 강탁이 제일 먼저 외치면서 대전을 뛰쳐나갔고, 그 뒤를 열혈청년들이 바람처럼 뒤따랐다.

그렇지만 그들은 누구와도 싸우지 못했다.

전문 밖에 있던 백호고수들 뿐만 아니라 구획 안에 있던 천중고수들 모두 감쪽같이 사라졌기 때문이다.

북경성을 거미줄처럼 꽁꽁 옥죄던 천중신군의 통제가 완전히 풀리자마자, 옥선은 제일 먼저 필요한 약재를 구하러 서둘러 약재상을 찾았다.

구한 약재를 두 명의 하인에게 등짐을 지우고 자신은 앞장서서 잰걸음으로 부지런 걸어가던 그녀가 갑자기 뚝 걸음을 멈추었다.

그녀는 대로 한복판에 오도카니 서서 대로변에 있는 어느 주루의 현판을 바라보았다.

'청은루.'

너무나도 그립고 또 사랑하는 남자가 자신의 고향집 장원 이름이 청은장이라고 했던 말이 바로 조금 전의 일처럼 그녀의 귓가에서 쟁쟁거렸다.

그 남자, 태무악에 대한 절절한 그리움과 사랑이 뭉클뭉클 먹구름처럼 피어오르자 그녀는 하인들에게 먼저 가라고 지시하고는 이끌리듯이 주루로 향했다.

물론 한낱 주루인 청은루와 태무악의 고향집 청은장은 하등의 연관도 없을 터이다.

하지만 상관없었다.

옥선은 이 주루에 들어가 창가 자리에 앉아서 삼 년 전 태무악과 만들었던 무수한 추억들을 오롯하게 반추하고 싶은 마음을 억누를 길이 없었다.

막 입구로 들어서려던 옥선은 때마침 입구로 들어서던 한 사람과 어깨가 가볍게 부딪쳤다.

"아! 죄송해요."

"이런… 소생이 오히려 미안하오."

옥선보다 더 정중하게 사과하는 사람은 산뜻한 백삼을 입은 눈부신 용모의 청년이었으며, 그의 손에는 부채 하나가 쥐어져 있었다.

차륵!

백삼청년은 우아한 동작으로 주렴을 거둬주며 말없이 옥선이 먼저 들어갈 것을 권했다.

옥선은 살포시 고개를 숙여 예를 표하고는 조심스럽게 주루 안으로 들어갔다.

주루 안은 손님들로 발 디딜 틈 없이 복잡했는데, 때마침 운 좋게도 옥선의 눈에 창가 자리에서 막 일어서고 있는 손님들이 보였다.

그녀는 자리를 잡고 앉아 그 옛날 태무악과 자주 먹었던 요리 하나를 주문하고는 턱을 괴고 말끄러미 창밖 대로를 바라보았다.

"저… 손님, 빈자리가 없는데 합석 좀……."

그때 점소이가 손님 한 명을 데리고 와서 옥선에게 양해를 구했다.

옥선은 창밖에서 시선을 떼지 않은 채 가만히 고개를 끄덕였다. 시선을 거두면 이 소중한 추억의 상념이 깨질 것 같아서였다.

"실례하겠소."

방금 전에 들은 기억이 있는 청아하고 낭랑한 목소리의 주인이 천천히 옥선의 맞은편에 앉았다.

오전 내내 방 안에 틀어박혀서 무공 연마에 몰두해 있던 태무악은 방을 나와 한껏 기지개를 켜며 마당으로 내려섰다.

그때 대문이 열리고 홍랑의 바로 아래 여동생인 구화군이 들어서다가 태무악을 발견하고는 와락 얼굴을 붉히며 황망히 허리를 굽혔다.

"나… 나리, 수피 소저께서 나리를 주루로 모셔오라고 말

쓱하셨어요."

"왜 오라더냐?"

나중에 가족 모두에게 자신을 나리라고 부르지 못하도록 해야겠다고 내심 생각하며 태무악이 물었다.

"어머니와 수피 소저께서 나리께 드리려고 맛있는 요리를 만드셨다고… 점심 식사를 하러 오시랬어요."

"알았다."

심부름을 마친 구화군은 쏜살같이 꽁무니를 빼고, 태무악은 느릿한 걸음으로 대문 밖으로 나섰다.

집에서 청은루는 아주 가까웠다. 골목을 나가 대로에서 이십여 장쯤 걸어가면 되는 거리였다.

『대무신』 제4권 끝